was vom sommer
übrig ist

AF197691

Tamara Bach, 1976 in Limburg an der Lahn geboren, studierte in Berlin Englisch und Deutsch für das Lehramt. Ihr erstes Buch »Marsmädchen« wurde als noch unveröffentlichtes Manuskript mit dem Oldenburger Kinder- und Jugendbuchpreis ausgezeichnet und erhielt außerdem den Deutschen Jugendliteraturpreis. Weitere Bücher und Auszeichnungen folgten, zuletzt der Katholische Kinder- und Jugendbuchpreis 2013 für »Was vom Sommer übrig ist«. Heute lebt und schreibt Tamara Bach in Berlin. Ihr neuestes Buch heißt »Marienbilder« und ist ebenfalls bei Carlsen erschienen.

tamara bach
was vom sommer übrig ist

Außerdem von Tamara Bach im Carlsen Verlag lieferbar:

Busfahrt mit Kuhn
Jetzt ist hier
Marienbilder
Marsmädchen

Veröffentlicht im Carlsen Verlag
Juli 2015
Copyright © 2012, 2015 Carlsen Verlag GmbH, Hamburg
Umschlaggestaltung und -typographie: formlabor
Corporate Design Taschenbuch: bell Ètage
ISBN: 978-3-551-31421-5

CARLSEN-Newsletter: Tolle Lesetipps kostenlos per E-Mail!
Unsere Bücher gibt es überall im Buchhandel und auf carlsen.de.

»(…) jeden sommer
wollen wir verloren gehen. jeden herbst
finden sie uns wieder. *what a pity.*«
alexander gumz, »statt einer ausfahrt«

»Dear Prudence
won't you come out to play?«
Lennon / McCartney

Letzte Stunde

»Aha, sieh an, wir haben heute also einen Gast«, sagt er. Dazu ein Lächeln, das nicht stimmt, denn eigentlich kann er Paul nicht leiden. Aber der geht ja ab, taucht also nach dem Sommer nicht mehr auf, ist seit zwei Wochen schon nicht mehr aufgetaucht, hat auch sein Abschlusszeugnis schon. Daher also auch was Vergebendes in seinem Blick, deshalb nennt er ihn auch nur noch »Gast«. Letzter Schultag. Lehnt euch zurück. Die letzten beiden Stunden Klassenlehrerstunden. Paul lehnt sich zurück, sitzt da, wo er das ganze letzte Jahr gesessen hat, da am Fenster, die Arme aufs Fensterbrett gelegt, den ganzen Raum im Blick, die Welt da draußen in seinem Rücken. Ich habe mich dann nicht mehr umgesetzt. Der Platz neben Paul ist seit zwei Monaten nicht mehr meiner.

»Ja, was habt ihr euch denn so vorgestellt, wir sehen uns ja nun nicht mehr, manche kommen ja auch nicht mehr nach den Sommerferien …?«

Bis eben vor der Pause hat die Sonne noch direkt ins Zimmer geschienen, der Raum ist aufgeheizt. Lehnen wir uns doch zurück. Es ist zu warm, um aufrecht zu sitzen.

Ich schau ihn nicht an. Seit zwei Monaten habe ich einen blinden Fleck, der sitzt so, dass ich den Platz da am Fenster nicht sehe, seit zwei Monaten bin ich auf einem Ohr taub.

»Und Lisa, was machst du denn …?« Lisa antwortet irgendwas. Paul wird nicht gefragt. Jeder weiß, was Paul macht, dass Paul auf eine Schule geht, an der man Mathe abwählen kann. Jeder weiß, dass er das sinkende Schiff verlässt, seinen Hofstaat, sein Gefolge. Was wird nur aus euch werden?

»Ja, ich dachte, ihr hättet vielleicht irgendwas geplant für heute …?«, sagt der da vorn. Immer hängen an seinen Sätzen hintendran drei Punkte, als käme da noch was, fill in the gaps. No, Sir, niemand hat sich heute was ausgedacht, keiner spielt ein Lied, keiner bringt eine Geschichte mit.

Vielleicht wartet er ja auch auf ein Geschenk von uns, etwas, was ihm sagt, dass er die letzten beiden Jahre nicht ganz umsonst mit uns verbracht hat, so was wie einen Bildband oder, besser noch, was Selbstgebasteltes, bei dem alle mitgemacht haben. Nichts. Also drei Punkte und 28 Grad Celsius im Schatten bis 11.15 h.

Eine dicke Haut ändert nichts an der Hitze.

Als ich mich nach vorne lehne, nur um anders zu sitzen, da streift mein Blick doch mal den Platz am Fenster, da sehe ich einen Ellbogen und sehe, dass ein blaues Auge zu mir schaut, und keiner sieht's, wie er da schaut und dabei mit der neben ihm redet, die dann irgendwann meinen Platz eingenommen hat. Nur kurz schaut er, und da ist nichts, nur Kälte, aber das macht nichts, so heiß, wie es ist. Das macht nichts mehr, wenn nur noch 38 Minuten Schuljahr übrig sind.

was zu tun ist

- Einen Job suchen (Ampelbäcker?)
- Bonnie bei Oma abholen
- Fahrschule anrufen
- Fahrrad –> Reifen reparieren!
- Schulkram ausmisten
  und Ferien.
  Oder was Ähnliches.

herkunft – offizielle version

Meine Eltern sagen, das sei doch ein Glücksfall, dass meine Mutter als Krankenschwester und mein Vater als Elektriker / Mannfüralles an derselben Klinik eine Anstellung gefunden haben, die sie beide auch schon seit Jahren halten können, weil: Nur wer ordentlich arbeitet, der wird auch nicht wegrationiert. Und das Glück, nur fünf Minuten entfernt vom Arbeitsplatz ein kleines Haus gefunden zu haben, mit einem kleinen Garten, dass das Kind (also ich) stets in der Nähe der Eltern sein kann. Überhaupt: ein Haus! Keine Wohnung! Mit einem Garten!

Meine Eltern sagen, das sei alles nur eine Sache der Planung, dass das Kind (ich) beaufsichtigt sei, dass Haus und Hof in Ordnung gehalten werden können, dass alles also so läuft, wie es soll, und vor allem nicht aus dem Ruder.

Meine Eltern arbeiten in Schichten. Meine Eltern sind in Schichten zu Hause. Zu Hause gibt es eine Vater- und eine Mutterschicht, es gibt kleine Zeiten, da sind beide zu Hause, und es wird Sorge getragen, dass dann immer einer wach ist.

Meine Eltern sagen, dass es hier sehr ruhig ist und so grün und der kurze Weg zur Arbeit und dass das Kind (ich, Louise Helene Waldmann) mit dem Fahrrad in einer Viertelstunde an der Schule ist. Dass außerdem noch ein Bus alle Viertelstunde in die Innenstadt fährt, auch am Abend, in Stoßzeiten sogar 10-minütig. Dass das Kind (ich. Ja, ich) überhaupt keine Probleme hat, mal allein in die Stadt zu fahren, auch mal am Abend auszugehen. Ja, in dem Alter muss man ja nicht mehr sooo die schützende Hand über das Haupt des Kindes (ichichichich) halten, da kann man die Zügel auch mal ein bisschen lockern, nicht wahr? Und meine Eltern sind auch gar nicht so! Meine Eltern lassen das Kind (mich verdammt noch mal!) raus! Und sie müssen auch nicht mehr die Wachschichten- und Anwesenheitsregelung handhaben wie damals, als das Kind erst frisch auf dem Gymnasium angefangen hat, als man sich noch Sorgen machen musste, ob sie das überhaupt schafft, zumal die Eltern (meine Eltern) das Gymnasium nicht besucht haben. Und das Kind wurde beiseitegenommen, ihm wurde gesagt, dass man dem Kind ab einem bestimmten Punkt nicht mehr werde helfen können, und das Kind hat tapfer genickt. Und trotzdem haben die Eltern es geschafft, es jahrelang geschafft, dem Kind mittags ein warmes Essen zu bereiten, dem Kind über die Schulter zu schauen, wenn es bei den Hausaufgaben saß, ihm über den Kopf zu streicheln und nur unauffällig zu gähnen, wenn es kurz und bündig von seinem Tag berichtete. Sie haben es geschafft, trotz der Müdigkeit nicht ins Schlafzimmer zu gehen, sondern sich in Reichweite auf das weniger bequeme Sofa zu legen. Sie haben dem Kind gesagt, sie würden nur mal kurz die Augen schließen, und falls was sei, und das Kind machte seine Hausaufgaben und ging auf besockten Zehenspitzen durchs Haus.

Aber das Kind ist ja jetzt groß.

Ich bin jetzt groß.

famILIe. ZU HAUSe.

Louise Helene Waldmann.

Louischen. Lou. Lulu. Herzchen.

17 Jahre alt, also alt genug, um endlich den Führerschein zu machen (»Quatsch, Führerschein, wofür brauchst du den denn? Hier in der Stadt kommst du doch mit dem Bus und dem Rad überall hin!«).

Mutter: Krankenschwester im hiesigen Krankenhaus (»Ja, die Arbeitszeiten, aber das geht schon, das hat sich eingespielt«).

Vater: Elektriker, Hausmeister, angestellt am selben Krankenhaus (»Och, vor allem Elektrik, aber auch alles, was so anfällt, verstehen Sie? Da kann ich auch mal gerufen werden, wenn's einen Wasserrohrbruch gibt, man bildet sich ja weiter, is ja kein Ding«).

Keine Geschwister.

Abschlusszeugnis der 10. Klasse mit einem Durchschnitt von 2,0.

Ich lebe in einem kleinen Haus mit kleinem Garten (mit Erdbeeren. Einem Rasen), in dem ich kleine Spiele gespielt habe, als ich selbst noch klein war. Wenn meine Eltern von dem Haus und dem Garten und der Nähe zur Arbeit sprechen, vergessen sie, etwas zu erwähnen: dass das Haus im Schatten der Klinik liegt, gegenüber vom Friedhof. Da ist eine kleine Kapelle, die eine laute Glocke hat, und selbst im 20. Stock des Krankenhauses kann man das Läuten hören, wenn sie wieder einen zu Grabe tragen.

Und da oben stehen sie in ihren Bademänteln auf dem Balkon, halten sich an der Brüstung fest, stehen da in ihren Pantoffeln und schauen nach unten. Und je weiter oben man ist, umso weniger hat man vielleicht damit zu tun, umso seltener denkt sich einer da oben, das da unten, das könnte ich sein, das da in dem Sarg.

Meine Eltern haben inzwischen Hornhaut auf den Ohren. Man hört die Glocken hier, man hört die Sirenen der Rettungswagen, und langsam haben sie sich abgewöhnt aufzuschrecken, wenn die Sirene an unserem Haus vorbeijault, wenn die Glocken jemandem den Weg ins Jenseits bimmeln.

Meine Eltern haben auch Hornhaut auf den Augen. Das merkt man, wenn sie einen anschauen. Sie sagen, das sei, weil sie so müde sind. Das seien die müden Augen, die auf der Arbeit erst wieder mit zwei Tassen Kaffee geöffnet werden, eine für jedes Auge.

Ich seh sie nur zu Hause. Ich seh sie gar nicht. Manchmal sind sie hier. Manchmal liegt einer auf dem Sofa oder im Bett. Manchmal kommt einer vom Einkaufen wieder, stellt die Tüten auf den Küchentisch und ruft mich zum Auspacken und Wegräumen und muss dann auch schon wieder los. Einmal pro Woche putzt jemand das Bad, die Küche, manchmal, selten, die Fenster. Jemand mäht den Rasen, wenn es sein muss. Alles erledigt sich.

Wie still es hier ist.

sommerferien

Und was machst du so diesen Sommer? Fährst du weg? Ans Meer? Zu Freunden? Machst einen Sprachkurs? Jobbst im Betrieb deines Vaters und hängst den Rest der Zeit am Baggersee rum? Oder fährst du auf dieses Festival im Osten?

Drei Leute haben mich gefragt, was ich diesen Sommer mache.

1. Meine Großmutter

»Louischen, wann fangen denn die Ferien an?«

»Nächste Woche.«

»Und? Hast du dir was vorgenommen?«

»Ich muss Geld verdienen und wollte auch noch …«

»Du sag mal, Louischen, ich fahr ja zu Tante Jette in die Toskana.«

»Mmh?«

»Und du weißt ja, die hat so Probleme mit Bonnie.«

»Echt? Mit Bonnie?«

»Jajaja, neuerdings behauptet sie, dass sie allergisch ist.«

»Ist sie nicht?«

»Und ich fahre ja ab Montag, für vier Wochen, und da wollte ich fragen, ob du vielleicht Bonnie nehmen kannst. Du kommst doch so gut mit ihr zurecht. Du bist doch so gut mit Hunden.«

»Ähm, ich glaub, da muss ich erst mal Mama …«

»Du, das hab ich alles schon mit deiner Mutter besprochen. Sie meint, sie kann halt nicht auf den Hund aufpassen, hat aber nichts dagegen, wenn du das machst. Schau, damit würdest du mir wirklich eine Freude machen! Ich komm doch so selten raus.«

»Ich weiß nicht …«

»Louischen. Du musst das auch nicht umsonst machen! Du nimmst doch Fahrstunden, oder?«

»Ja?«

»Wenn du Bonnie nimmst, dann steuer ich was dazu bei. Na?«

»Okay? Vielleicht …?«

»Fein! Dann komm am Sonntag bei mir vorbei. Ich pack dir alles zusammen. So um 10 Uhr? Ja? Gut. Ich muss jetzt auch mal zur Nachbarin wegen der Blumen. Bis Sonntag. Tschüs, meine Kleine.«

2. Nora aus der b

»Und? Fährste weg?«

»Was?«

»In Urlaub?«

»Ääh …«

»Mein Bus! Scheiße, wieso ist der denn schon …?! Schönen Sommer, ja?«

3. Letzten Winter saßen wir zusammen, in der fünften, die ausfiel, weil sie keine Vertretung gefunden hatten für die Englischlehrerin, die seit Wochen schon krank war. »Nervenzusammenbruch«, haben die Lehrer gesagt, natürlich nur hinter vorgehaltener Hand. »Klapse« und »Die ist durchgedreht«, haben wir gesagt. Und da saßen wir also an der Heizung im Flur, weil sie uns noch nicht gehen lassen wollten, weil wir ja in der sechsten noch Mathe hatten und weil die Cafeteria zuhatte. Wer geht denn schon in die Bibliothek, wenn man da nicht mal reden kann? Den Rücken warm an der Heizung, seit Wochen Minusgrade und der Fußboden selbst durch die Jacke, auf der ich saß, auf der du mit mir gesessen hast, trotzdem noch fühlbar kalt, weil doch Stein. Da saßen wir im Winter, Anfang Januar, dass sich unsere Schultern und Knie berührten. Du meine eine Hand in deinen zwei großen, trockenen Händen, hast sie angefasst, als ob es ein Wunder wäre, was da am Ende meines Armes war. War doch nur eine Hand. Und jeden Finger hast du angeschaut, meine Hand, deine Hände und die warme Heizung. Warme Schultern und Rücken und die Frage nach Sommer, nach Bahntickets, mit denen man quer durch Europa fahren kann. »Ich hab ein Zelt«, hast du gesagt, und ich dachte daran, dass es Zeit wäre für einen neuen Schlafsack, dass man das bestimmt machen kann, so zu-

sammen wegfahren, nicht nur 10 Tage ins Jugendcamp, sondern Wochen, lang.

Der Sommer ist so weit weg, wenn es doch nur Januar ist und dann noch Februar und März kommen, und manchmal schneit es ja sogar noch im April. Es hat nicht geschneit im April. Die Meteorologen haben ungläubig auf die Wetterkarten gedeutet. Und es war Frühling, der Winter vorbei. Es ist komisch, was so alles wegschmilzt, wenn es Frühling wird.

JOB 1: BACKWAREN

»Geh zum Ampelbäcker«, hat meine Oma gesagt, als sie gehört hat, dass ich einen Job suche, denn meine Oma kennt den Ampelbäcker, und weil im Sommer doch alle mit Kindern wegfahren, sucht er eine Vertretung.

Also gehe ich zum Ampelbäcker, und er fragt, was ich denn so alles könnte. Ob ich mit einer Kasse umgehen kann. Und ob ich denn schon mal im Verkauf tätig gewesen bin. Ich schummel ein wenig und sag: »Ja, ist aber schon lange her«, denn das bisschen Bedienen bei der Hochzeit der Schwester einer Freundin war erstens nicht Verkauf, zweitens nicht mit einer Kasse umgehen können und ist drittens nicht mal lange her. Aber es war ein Job, ich war danach müde, ich habe Geld bekommen, und ich habe nach Schweiß gestunken.

Der Ampelbäcker heißt eigentlich Reinhardt, »Bäcker Reinhardt« steht draußen dran, er verkauft Brot, das hinter dem Laden gebacken wird, und Kaffee, in Bohnen, aber auch frisch gemahlen. Der Ampelbäcker heißt so, weil es vor vielen Jahren noch einen anderen Bäcker Reinhardt gab, aber der lag nicht an einer Ampel, sondern bei der evangelischen Kirche. Den anderen gibt es inzwischen nicht mehr, aber die Kirche gibt es noch, die Ampel gibt es noch und den Ampelbäcker auch. Er hat sich gehalten, und das als richtiger Traditionsbetrieb, der sich nicht von einer Kette hat aufkaufen lassen. Der Ampelbäcker hat seit Jahren dieselbe Deko im Schaufenster: eine Partysonne aus Salzteig, einen kleinen Bäcker aus Plastik, der blöde grinst und buschige Augenbrauen hat. Dazu nach Jahreszeit Blumen, Osterhasen, Christbaumkugeln oder Kürbisse. Ampelbäcker Reinhardt hat ein rotes Gesicht und einen dicken Nacken. Er schwitzt, denn draußen ist es heiß, hier ist es heiß, und drinnen, in der Bäckerei, da ist es bestimmt noch heißer. Wir sitzen in der Kaffeeküche, die liegt hinter dem Verkaufsraum, da kann man sich kurz hinsetzen, wenn grade nichts los ist. »Aber nur kurz! Wenn jemand ins Schaufenster guckt und keinen sieht, wie sieht denn das aus!«

»Um sechs Uhr morgens wird geöffnet, das heißt um halb sechs da sein, weil dann die Backwaren eingeräumt werden. Und dann geht's bis um eins am Mittag. Das dann fünf Mal die Woche«, sagt er und schaut mich an, wartet. Vor mir steht eine kleine Tasse Kaffee mit Kondensmilch. Ich mag keine Kondensmilch. Wenn es so warm ist, wieso kann Kaffee dann kalt werden? Wieso wird Wasser warm und Kaffee trotzdem kalt? Oder bilde ich mir das nur ein? Und weil ich nicht antworte und weil ich nicht sage: »Wie, fünf Mal die Woche? So oft wollte ich aber nicht arbeiten«, da sagt er, dass dann am Mittag Übergabe gemacht wird, dass die Kasse gezählt wird, eingetragen, was gekauft wurde, ein Zwischenbon gezogen, alles nachgeprüft, und erst, wenn das alles stimmt, dann darf ich gehen. Er schaut wieder. Der Kaffee wird auch im Sommer kalt. Er nimmt einen Schluck, wischt sich über den Mund, sagt dann, was ich verdiene, wartet wieder, sagt: »Also, ja, von sechs bis dreizehn Uhr, das sind sieben Stunden, erst mal drei Wochen, bis die Frau Savarin zurückkommt, und dann schauen wir mal weiter.« Und will schon aufstehen, da sag ich: »Aber ich fang ja schon um halb sechs an.« Er zieht die Augenbrauen hoch, die rote Stirn faltet sich zusammen wie ein nasses Rollo, und sagt: »Ja und?«

»Also sind das siebeneinhalb Stunden.«

Er antwortet nicht.

»Also nicht nur sieben Stunden. Meine ich.«

Er legt eine flache Hand auf den Tisch, beugt sich zu mir, sagt: »Das machen wir hier immer so. Die anderen haben damit kein Problem. Die Abendschicht muss nach Dienstschluss ja auch noch durchputzen.«

Mir fällt nur »Aber« ein. Ich schluck's runter, er nickt, richtet sich auf, streckt mir die Hand entgegen und sagt: »Wenn dann alles geklärt ist …?«, und ich nicke. »Montag dann einarbeiten. Die Frau Marquard hat den Schlüssel, die schließt dann auf.« Ich nehme die Hand und lasse meinen Kaffee stehen.

JOB 2: PRESSE

Jonas steht vor der Tür.

»Hey«, sag ich.

»Hey.«

»Was is?«

»Brauchst du vielleicht 'n Job?«

»Wieso?«

»Ich hätt da einen.«

»Was denn?«

»Urlaubsvertretung. Für mich. Zeitungen austragen.«

»Wie lange?«

»Ich bin vier Wochen weg. Da kommt gut was zusammen. Ich kann halt nicht einfach so vier Wochen wegfahren. Das machen die nicht mit, da bin ich meinen Job los.«

»Morgens muss ich aber schon arbeiten.«

»Ab wann denn?«

»Ab halb sechs. Beim Ampelbäcker.«

»Da bist du schon locker fertig.«

»Wie, locker fertig?! Wann muss ich die denn austragen?«

»Na, die liegt um vier bei mir vor der Haustür.«

»Um vier?«

»Ja, und die Runde dauert so 'ne Stunde. Zu Fuß.«

Und dann nennt er eine Summe für einen Monat, und ich bin überzeugt.

»Ich zeichne dir die Strecke auf, und dann bring ich dir die Schlüssel vorbei. Ja?«

»Okay.«

Vier Uhr. Jonas hebt die Hand, geht, Tür zu. Vier Uhr. Das ist machbar.

theorie

Das ist alles eine Frage der Planung. Das ist alles wirklich nur eine Frage der Planung. Wenn ich morgens um kurz vor vier losgehe, kann ich auch gleich Bonnie zu ihrer ersten Runde mitnehmen. Ich bin die Strecke abgelaufen, ich kann das innerhalb von einer guten Stunde schaffen. Dann bringe ich Bonnie nach Hause, gebe ihr was zu fressen, fahre zum Ampelbäcker, arbeite da bis um eins, komme nach Hause, esse was, gehe wieder mit Bonnie raus und kann mich noch mal eine Stunde hinlegen. Ich kann drei Mal in der Woche zur Fahrschule gehen und die Theorie runterreißen. Der Fahrlehrer hat gesagt, sobald ein Testbogen bestanden ist, können wir mit den Fahrstunden anfangen. Ich werde also am Nachmittag die Theoriefragen üben, Bögen machen, werde bald Praxisstunden nehmen können, mache zwischendurch die Hausarbeit, an drei Abenden in der Woche ist Theorie, gehe noch mal mit dem Hund raus, lege mich um neun ins Bett, stehe um halb vier auf. Wirklich, alles nur eine Frage der Planung.

praxis

Am Montag stehe ich um halb vier auf, springe unter die Dusche, am Schluss schnell noch mal kalt abbrausen, das macht wach. Anziehen, den Hund anleinen, den Hund nach draußen zerren. Bonnie hat kurze Beine, einen Bauch, der auf dem Boden schleift, Ohren, die fast die Erde berühren. Bonnie riecht an allem, an jeder Hauswand, an jeder Ecke, an jeder verschlafenen Blume. Die Zeitungen liegen wirklich bei Jonas vor der Tür. Ich habe an ein Messer gedacht, um das Plastikband drum herum durchzuschneiden, und an die große Tasche, die Jonas mir noch mitgegeben hat. Ich habe eine Jacke an, weil es kalt hier ist, während er heute früh in Barcelona ankommen, sich einen Kaffee kaufen und dann an den Strand gehen wird. Ich habe den Zettel mit den Namen und Hausnummern und allem dreimal kopiert, damit ich auch nichts vergesse, damit ein Zettel auch mal verloren gehen kann. Man muss an alle Eventualitäten denken. Ich habe Schlüssel für die Häuser, die ihre Briefkästen im Hausflur haben, ich muss niemanden rausklingeln und verärgern. Ich habe die Schlüssel sortiert und sie mit bunten Plastikringen markiert, damit ich nicht stundenlang nach dem richtigen Schlüssel suchen muss. Ich habe kleine Plastiktüten dabei, damit ich die Hundescheiße einsammeln und wegschmeißen kann, und Bonnie pinkelt, Bonnie scheißt, ich mache die Scheiße weg, Bonnie wackelt weiter, ich trage die Zeitungen aus, ich habe immer die Uhr im Blick, ich bin gut in der Zeit, ich finde alle Häuser, ich habe meine Hausaufgaben gemacht. Ha, Hausaufgaben! Ich lache kurz in die Nacht, weil ich ja die Aufgabe mit den Häusern …, aber lacht ja keiner mit, ist jetzt auch nicht so witzig. Und dann kommt dieses Haus mit den vielen Briefkästen, eine Zeitung für Schlegel, eine für Müller, und es gibt auch nur einen Müller, aber es gibt zwei Schlegel, A. Schlegel und einfach nur Schlegel.

Ich stehe da und schaue von A. Schlegel zu Schlegel, schaue auf die Liste, was da steht. Da steht Schlegel.

Schlegel in der Goethestraße 5 bekommt eine Zeitung. Aber da steht nicht A. Schlegel. Heißt das, dass Schlegel ohne A. davor eine Zeitung bekommt? Oder doch A. Schlegel? Hat Jonas einfach vergessen, dass es da mehrere gibt, weil er den Job schon seit ein paar Jahren macht, ihn also aus dem Effeff kann, nur meinetwegen noch mal die Liste rauskramen musste? Er weiß schließlich, in welchen Briefkasten er die Zeitung werfen muss, vielleicht ist ihm ja auch gar nicht aufgefallen, dass es plötzlich zwei Schlegel gibt. Vielleicht gibt es einen von den beiden erst seit kurzem, vielleicht hat der deswegen gesagt, gut, wenn es hier noch einen gibt, dann mache ich eben vor meinen Namen noch die Initiale meines Vornamens. A wie Arthur, Anatol, Annegret, Angelika, aaaa!

Verdammt, und ich soll doch keine Fehler machen, die beim Zeitungsverlag dürfen doch eigentlich gar nicht wissen, dass ich das mache! Wenn die erfahren, dass Jonas seinen Job an mich quasi untervermietet hat, dann verliert er ihn. Aber er braucht ihn, sonst hätte er ja auch das Risiko eingehen können, denen zu sagen, dass er vier Wochen ... verdammt noch mal, was mach ich denn jetzt?!

Ich schau auf die Uhr, mir fehlt noch ein kompletter Straßenzug. Okay, dann eben einfach nur Schlegel, Schlegel ohne A. Ist ja auch logischer, und dann weiter, auch wenn Bonnie über die Straße keucht, schnell, nein, Bonnie, du kannst nicht an der Blume schnuppern, nur weil da ein anderer Hund mal vorbeigelaufen ist und eine Spur hinterlassen hat, verdammt, jetzt komm! Und dann zieh ich Bonnie die Resttour entlang, und am Ende, die

Liste ist abgearbeitet, da sehe ich, dass ich noch drei Zeitungen übrig habe.

Warum habe ich drei Zeitungen übrig? Ich hab doch alles so gemacht, wie ich sollte, hab ich doch, oder? Keine Ahnung, aber wegen dem schlechten Gewissen doch noch mal zur Goethestraße 5 zurück, und zwar rennen, denn jetzt wird's knapp. Tür aufschließen und A. Schlegel auch noch eine Zeitung in den Briefkasten stecken und dann nach Hause, schnell. Bonnie von der Leine, in die Küche, Wasser in einen Napf, Knusperflocken in den anderen, schnell die Hände waschen, die sind schwarz, Druckerschwärze, fremde Türen, Hund, ab damit, los, los, schnell, also doch das Rad nehmen, auch wenn das Licht kaputt ist, aber die Sonne geht ja langsam auf, also was soll's, jetzt kommt eh keine Polizei, oder? Nein. Als ich beim Ampelbäcker ankomme, steht der da im Laden, und die andere, wie hieß die denn noch mal, die ist auch schon da und schaut auf eine Liste, zählt Sachen ab. Ich renne rein, trau mich kaum, meine Sachen nach hinten ins Kabuff zu schmeißen, zerre den Kittel vom Haken und schlüpf rein. »Pünktlich ist aber auch früher«, sagt der Chef. Keine Zeit zu antworten.

Die Frau, verflucht, warum fällt mir ihr Name denn nicht ein, sagt, dass ich eine Bestellung fürs Altersheim fertig machen muss, gibt mir die Liste und sagt, wo ich alles hinsortieren muss. Aber von wo? Ach, von da, aha, und schau auf ihre Hände, weil ich denke, so mit der bloßen Hand, ja, mit der bloßen Hand, na dann. Dann zähle ich Brötchen ab und Brot und noch mehr Brötchen. Und der Chef steht die ganze Zeit daneben. Fehlt nur noch, dass er mit dem Fuß klopft, aber er wartet auch so laut genug, und je länger ich zähle und die Liste abhake, umso lauter wartet er. Aber dann ist alles fertig, und er lädt den Wagen voll, der vor der Tür steht, und dann ist er weg. Als der Wagen nicht mehr zu sehen ist, dreht sich die Frau zu mir um, hält mir die Hand hin und sagt: »Ich bin Angela.« A. Schlegel, denke ich, aber die heißt nicht Schlegel. »Hallo, Louise.«

»Der Kaffee ist schon durch«, sagt Angela. »Willst du einen? Eingeräumt ist schon. Komm, hol dir erst mal 'nen Kaffee.«

Das mach ich. Draußen wird es hell, und ich merke, wie sehr ich den Kaffee brauche.

Und dann ist das also irgendwann Routine. Am zweiten Tag schaut man noch auf Listen. Am dritten Tag nur noch, um sich zu vergewissern. Am vierten, da erinnert man sich.

UND am fünften

Es ist mittags so heiß, es ist so unglaublich heiß, dass ich so langsam laufe wie Bonnie. Der schleifen nicht nur Bauch und Ohren auf dem Boden, sondern auch die lange Zunge, die ihr aus dem Maul hängt.

Wir nehmen den Weg ums Haus herum, dann die Müllerstraße lang, die Straße hoch. Ich suche jedes bisschen Schatten, aber die Sonne steht so senkrecht, dass nur die Bäume noch Schatten spenden, und Bäume, große ausladende Bäume, die gibt es nicht auf der Müllerstraße. Ich denke an den Friedhof, da ist es bestimmt kühl, aber da kann ich mit Bonnie nicht hingehen, da sind Hunde verboten, vor allem pinkelnde und kackende Hunde. Bonnie hebt das Bein, besprenkelt die Mauer mit ein paar jämmerlichen Tröpfchen, schnüffelt und wackelt weiter. Schnüffelt wieder, schnüffelt da, hier, dahinten, spielt eine Schnitzeljagd, die völlig sinnlos ist. Es ist so heiß. Ich habe meine Sonnenbrille vergessen, kneife die Augen zu, mir steht der Schweiß auf der Stirn und unter den Armen, es ist müder Schweiß. »Komm, Bonnie, mach endlich ein Häufchen, ich will nach Hause«, sag ich, aber Bonnie schnüffelt und zieht mich weiter, in blöden Schlaufen die Müllerstraße entlang. Irgendwann bleibt sie mitten auf dem Gehweg stehen, geht langsam in die wackligen Knie, und ich schau in meiner Tasche nach den Kacktüten. Vergessen. Na super. Morgens die letzte benutzt und vergessen, neue einzustecken. Und der Haufen ist so was von mitten auf dem Gehweg, nicht mal am Rand, wo man nicht sofort reinlatschen würde. Bonnie zieht mich weiter, und ich denke, was soll's, haben andere auch schon gemacht.

»Hey!«, schreit jemand.

Ich dreh mich um, sehe aber niemanden.

»Hey! Du kannst doch nicht einfach die Kacke mitten auf dem Gehweg liegen lassen!«

Da ist niemand. Oh Gott, jetzt ist es vorbei, ich hab 'nen Sonnenstich, ich höre Stimmen, die Toten vom Friedhof rufen nach mir.

»HEY! Ich rede mit dir!«

Und da seh ich auf einem Stromkasten ein Mädchen

sitzen, einfach so obendrauf, keine Ahnung, wie die da hochgekommen ist. Ich halte die Hand schräg vor die Augen, damit ich sie besser erkennen kann.

»Machste das jetzt weg oder nicht?«

»Nee.«

»Na, und wenn da jemand reinlatscht?«

»Das kann dir doch egal sein!«

»Und wenn ich da reinlatsche?«

»Du? Du weißt doch jetzt, dass da ein Haufen liegt!«

»Das macht die Sache nicht besser, oder?«

Das Mädchen ist vielleicht 13. Aber groß und dünn, fast dürr, hat kurze schwarze Haare und sitzt da oben im Schneidersitz. Und isst Kuchen.

»Was machst du da überhaupt?«

»Ich bin die Gehwegpolizei. Du bekommst hiermit eine polizeiliche Anweisung, den Haufen da«, sie zeigt auf den Haufen, »so-fort zu entfernen!«

»Oder was?«

»Oder du kriegst ’ne Anzeige und nicht nur wegen der Scheiße da, sondern auch wegen unterlassener Hilfestellung.«

»Leistung.«

»Wie, Leistung?«

»Hilfeleistung. Das ist doch Blödsinn!«

»Gar nicht. Wenn ich da reintrete, ausrutsche und mir was breche, das ist fahrlässige Tötung. Totschlag.«

Dann steckt sie sich das Stück Kuchen in den Mund, schmiert ihn am Mund vorbei, kaut, der Kuchen ist aus Schokolade, und mir wird schlecht. »Komm, Bonnie, wir gehen.«

»Hey!«

Ich gehe weiter, ich will endlich nach Hause, ich hab gestern keinen einzigen Testbogen bestanden, immer sind es ein paar Fehlerpunkte zu viel, ich will jetzt was trinken, in mein Zimmer, da ist es kühl, da sind die Rollläden unten, dann will ich ein bisschen schlafen und vor der Fahrschule noch ein paar Bögen machen, damit ich endlich mal …

»Jetzt hau doch nicht ab!«

Das Mädchen ist wirklich groß. Ich bin 17, und sie kann mir ganz normal in die Augen gucken. Sie steht vor mir, sie hat graue Augen mit einem schwarzen Rand um die Iris. »Das ist Fahrerflucht. Weißte, was das heißt?«

»Du solltest dir vielleicht mal einen Hut aufsetzen, ich glaub, die Sonne bekommt dir nicht.«

»Ach, auch noch frech werden? Frollein, wenn ich das alles zu Protokoll nehme, dann …!«

Die hat doch 'nen Knall. Ich will nach Hause, aber Bonnie tut so, als ob sie 10 Kilo mehr wiegt. Ich knurre sie an, sie schaut treudoof zurück, und das Mädchen beugt sich runter und streichelt ihr über den dicken Schädel. »Du bist ja süß! Ist das deiner?«

Plötzlich wird Bonnie wieder lebendig und gibt Pfötchen.

»Hör mal zu, Kleine, ich hab keine Zeit, ich muss jetzt nach Hause. Viel Spaß noch beim Polizeispielen. Und tschüs.« Ich dreh mich um und marschiere die wenigen Meter zu unserem Haus, zerre Bonnie rein und Tür zu.

DREIZEHN

Das kann nicht sein, dass sie das vergessen hat, dass sie vergessen hat, was für ein Tag das heute ist. Als ich aufgewacht bin, war Mama schon weg, arbeiten, wie immer, aber dann, dann bin ich in die Küche gegangen, und da nur wie immer wieder der Zettel auf dem Küchentisch: »Wir sehen uns im Krankenhaus.« Auf dem Tisch ein Teller, eine Tasse, eine Kanne Tee. Der eklige Oolongtee. Igitttee. Das weiß sie doch, dass ich den nicht mag. Auf dem Küchentisch steht nur Frühstück, auf dem Zettel steht nur, dass wir uns im Krankenhaus sehen.

Keine Kerze? Keine Kerze. Kein Kuchen, kein Keks. Keine Karte. Das kann doch nicht sein, dass sie das vergessen hat. Ich schau nach draußen. Da ist Sommer, da ist ein wunderbarer heißer Tag. Da ist mein Geburtstag.

Ich hab den Tag im Garten verbracht, hab die Terrassentür aufgemacht, die Boxen an die Tür rangeschoben und laut Musik gehört. Ich hab mir die große Sonnenbrille und den kleinen Bikini angezogen, mich auf eine Decke gelegt und Limo getrunken. Den Tee hab ich in der Küche stehenlassen. Ich hab mir vorgestellt, dass ich ein Haussitter bin, dass ich schon älter bin, dass ich das mache, um mir in den Ferien was dazuzuverdienen. Dass das ein fremdes Haus ist, mit Nachbarn, die über die Hecke linsen und mich sexy finden, die ich aber ignoriere. Ich hab mir alle Zeitschriften, die ich in den letzten Monaten gekauft habe, noch mal angeschaut, aber nichts dabei gelernt. Ich wollte mir noch mehr vorstellen, aber dann ist die Post gekommen, also bin ich reingerannt, bin fast ausgerutscht, aber nur fast, und hab nachgeschaut. War aber langweilig, viel blöder Kram und eine Karte von Oma Thesi, mit so einem klugreligiösen Spruch drauf. Und dann wieder, dass das ja so schwere Zeiten und sie doch hofft, dass ich trotzdem ein bisschen und Kopf hoch und so. Und dann hat sie den Rest doch wieder nur über Tom geschrieben, also hab ich die Karte in den Müll geworfen.

Im Garten war es immer noch hell und warm, aber irgendwie hat das mit dem Vorstellen nicht mehr geklappt. Die Limo war auch warm, und da ist schon was drin rumgeschwommen. Und drüben hat der Meinert angefangen zu mähen, das dauert und ist laut. Also bin ich rein und hab im Fernsehen rumgeschaltet, war aber nichts, bin ins Internet, hat aber keiner geschrieben. Sind ja auch alle weg, alle im Urlaub, nur wir nicht. Ich hab ja mal gefragt, was denn mit Urlaub sei, aber nein, wie auch, und wie ich mir das denn vorstellen würde mit Tom und allem. Nicht mal irgendeine Jugendfreizeit, nein, wir bleiben hier und bleiben und bleiben.

Und dann hab ich gedacht, scheiß drauf, hab mir den Garten runtergeduscht und mich schön gemacht. Ich bin ja jetzt dreizehn, ein Teenager also, kein Kind mehr, und die anderen haben sich auch alle mit dreizehn schminken dürfen. Aise aus der b schminkt sich sogar schon seit der sechsten. Und die ist Türkin.

Also sauber gemacht, mit Haarewaschen und Eincremen und so, und geschaut, wie weiß die Haut da ist, wo der Bikini war, und wie braun der Rest drum herum. Bin ein bisschen stolz gewesen, dass ich hier auch so braun werde, ohne dafür an die Costa del Irgendwas zu fahren, nee, astreine mitteldeutsche Gartenbräune.

Und dann hab ich meinen Schminkkram aus meinem Zimmer geholt und im Bad aufgebaut, ist ja jetzt eh mehr Platz da, musste gar nichts beiseiteschieben oder wegräumen. Hab mir die Augen gemacht, den Mund, hab noch Schimmer hier und da hingesetzt, sah gut aus, Haare sind halt kurz, kann man nicht viel mit machen, aber Gesicht war gut.

Und dann bin ich irgendwann los, weil Mama um drei Schluss hat, weil sie dann sehr schnell da ist, weil sie auf mich wartet, vor allem, weil ich ja nicht in die Schule muss. Als ich da also ankomme, seh ich vorm Krankenhaus Papas Wagen, denk schon, fein, wenigstens beide hier, dann haben sie vielleicht doch dran gedacht, sich gedacht, wenn ich schon dreizehn werde, dass sie dann auch beide zusammen gratulieren können, sich mal zusammenreißen können. Da hab ich mich sogar gefreut, hab nicht mehr im Kiosk im Wartehallenlobbyempfangsbereich rumgehangen, bin gleich nach oben.

Und dann komm ich oben an, mach die Tür auf, Papa schaut hoch, Mama schaut hoch, hat Toms Handgelenk zwischen ihren Händen, wie jeden Tag, erzählt ihm was von der Arbeit, erzählt ihm von den Nachbarn, schaut dann noch mal hoch und fragt: »Was hast du denn gemacht?«

Und ich versteh sie gar nicht.

Papa schaut mich entgeistert an.

»Was denn?«, frag ich.

»Du siehst aus wie Karneval.« Und schüttelt den Kopf. Papa lacht ein bisschen, bis Mama ihn anschaut und zu Tom hinnickt, der da liegt und dem's doch egal sein kann, wie ich aussah. »Wasch dich«, sagt Mama und guckt in Richtung Bad.

Und keiner sagt, dass ich heute Geburtstag habe, dass ich jetzt dreizehn bin, dass es schön ist, dass ich hier bin, vor allem, weil Tom da ja nur rumliegt. Seit Wochen liegt der da, mehr Wochen als ein Monat, bald sind's zwei. Aber ich steh hier und bin ein Jahr älter und kein Kind mehr, darf also so aussehen, und kann sie ansehen und mit ihnen reden, aber Mama schaut nur weiter in Richtung Waschbecken da in dem kleinen Bad, das Tom eh nicht benutzt, und gratuliert mir nicht, weil ich endlich dreizehn bin und quietschelebendig. Und hat noch nicht mal was geändert. Auch nicht, als das Gesicht dann sauber war und meine Haut gespannt hat von der Seife. Nichts, nicht mal von Papa. Der hat mir kurz über den Kopf gestrichen, aber so kurz, dass es schon fast nicht zu merken war. Und dann sitzen wir da, und die Zeit kriecht wie jeden Nachmittag um Toms Bett herum, weil Mama und Papa immer denselben Scheiß erzählen, von der Arbeit, von irgendwelchen Freunden, die grüßen, aber nicht herkommen können. Irgendwann soll ich erzählen, was ich heute so gemacht habe. »Außer dich so zuzurichten«, sagt Mama, und Papa sagt: »Marion!«, was Mama ignoriert.

»Weiß nicht«, sag ich.

»Jana hat ja jetzt Ferien«, sagt Mama zu Tom.

Tom hat jetzt auch Ferien, will ich sagen, und Jana hat Geburtstag, aber keinen Kuchen, will ich sagen.

»Na, Floh, was hast du denn heute so gemacht?«, fragt Papa.

»Im Garten war ich.«

»Tom, der Garten, der ist so schön grade, alles blüht. Ich muss jeden Abend den Rasensprenger aufstellen, weil es so heiß ist, mir ist aber noch nichts eingegangen«, sagt Mama.

Den interessiert der Garten doch einen Scheiß, denk ich.

»Komm, Jana, erzähl Tom doch auch mal was.«

Ich will DIR was erzählen, Papa, denk ich. Aber ich seh ihn ja nur noch hier, weil er entweder arbeitet oder hier rumsitzt und dann abends nach Hause fährt.

Und das ist nicht bei uns.

Ich zucke mit den Schultern. »Wieso? Ist ein Tag wie jeder andere, oder?« Dabei starre ich beide an, denke: »Heute ist mein Geburtstag, heute ist mein Geburtstag, verdammt noch mal.«

Aber Mama sagt nur: »Jana, wenn du schlecht gelaunt bist, kannst du gleich wieder gehen. Das kann ich hier nicht gebrauchen.«

Papa sagt nichts, weil Mama ihn sowieso ignorieren würde.

Diesmal schaut sie zur Tür und dann zu mir, bis ich gehe.

Ist eigentlich ganz gut, dass ich mich gewaschen habe, weil das jetzt eh verschmieren würde. Eine Schwester kommt vorbei, deren Namen ich kennen sollte, weil sie meinen kennt und weil Mama sagt, dass das unhöflich ist, dass ich mir die Namen von den meisten Erwachsenen nicht merke. Die Schwester macht ein mitleidiges Gesicht, aber die hat ja keine Ahnung, die denkt ja auch nur an Tom, sagt: »Wer weiß, vielleicht wacht er ja bald auf.« Und versteht nicht mal, dass ich sie abschütteln will.

Ich hab Hunger. Ich renne zum Automaten im zweiten Stock, weil der auf Toms Stockwerk nur blöde Sachen hat. Der im zweiten hat diese runden Schokokuchen, die innen so 'ne weiße Creme drin haben. Also hol ich mir einen, geh nach draußen, weil es hier stinkt und mir hier kalt ist. Oben auf dem Stromkasten kann mich niemand sehen. Ich reiße den Kuchen auf und schau ihn an und werde traurigwütendsaueralles, weil ich keine Kerze habe und mir nicht mal was wünschen kann. Ich hab keine Lust mehr zu heulen. Heulen ja alle nur. Immer und die ganze Zeit. Entweder heulen sie oder streiten sich oder trennen sich oder schweigen und schweigen und denken viel und wollen dabei nicht gestört werden.

Ich hab keine Lust mehr auf traurig.

Ich beiß in den Kuchen und nehme mir vor, mich über irgendwas zu freuen. Und dann kommt da der Hund.

Ich mag Hunde.

mittagsruhestörung

Es klingelt an der Tür, es klopft. Ich habe gerade die Augen zugemacht, liege in meinem Zimmer, die Rollläden so runtergelassen, dass das Licht aus dem Garten ovale Flecken an die Wand sprenkelt. Denke, dass das bestimmt nicht wichtig ist. Und wenn es wichtig ist, dann wird die Person bestimmt wiederkommen. Bonnie schaut träge hoch von ihrer Decke. Bonnie bellt seit ein paar Jahren nicht mehr, wenn jemand vor der Tür steht. Sie legt ihren Kopf wieder auf die Pfoten.

Es klingelt und klopft.

Es klingelt und klopft.

Gleich geht er oder sie. Ich muss nicht aufstehen.

Es klingelt und klopft. Und dann höre ich plötzlich eine Stimme durch die Haustür, durch den Flur, durch die Zimmertür. Derjenige, der da vor der Tür steht, hat eine ziemlich laute Stimme.

Vielleicht ist ja was passiert. Also springe ich auf, Bonnie zuckt, ich zieh schnell eine Hose über, ein Shirt, renne an die Tür, reiße sie auf. Und da steht die Kleine von vorhin vor mir und sagt: »Hey! Oh, hier is aber schön kühl!« Sie hebt eine Hand und versucht sich an mir vorbeizuschieben. Aber nicht mit mir. »Sag mal, spinnst du?«

Sie hält mir ihre Hand hin und sagt: »Hi, ich bin Jana. Und du bist Louise. Und jetzt kannste mich reinlassen, jetzt bin ich ja keine Fremde mehr.«

»Woher weißt du, wie ich heiße?«

»Wir gehen auf dieselbe Schule. Du bist doch in der zehnten? Ich bin in der siebten. In der sieben c.«

»Und?«

»Hast du Lust auf Kuchen?«

»Nicht so viel wie du anscheinend.«

Jana schaut mich fragend an.

»Du hast das ganze Gesicht voller Schokolade.«

»Oh! Wo ist denn das Bad? Hier, oder? Ha, wusste ich's doch! Gästeklos sind immer neben der Haustür.«

Sie geht voran und ich hinterher.

Sie dreht den Wasserhahn auf und fragt: »Und? Kommste mit?«

»Wohin?«

»Kaffee und Kuchen! Ich lad dich ein! Oh, und nehmen wir den Hund mit?«

»Ich hab eigentlich noch was vor.«

»Ich hab heute Geburtstag.«

»Herzlichen Glückwunsch.«

Jana wischt sich den Mund mit dem kleinen Handtuch trocken und schaut in den Spiegel, fährt sich mit der Zunge über die Zähne. »Fein. Bin wieder sauber. Dann können wir ja.« Sie nimmt mich plötzlich an der Hand, pfeift in den Flur, und Bonnie trottet heran. »Feines Hundchen!«

Ich schüttel ihre Hand ab. »Ich habe keine Zeit! Wie oft muss ich das denn noch sagen! Schön, dass du Geburtstag hast, aber du musst dir jemand anders für Kaffee und Kuchen suchen, denn ICH HABE KEINE ZEIT!«

»Oh. Okay. Schade.«

Jana schaut kurz zur Tür raus, guckt dann mich wieder an und verzieht ihre Lippen zu einem Lächeln. »Na dann. Bis morgen! Tschüs!«

Und geht.

Ich stehe im Flur, und Bonnie wedelt, wedelt. Dann mach ich die Tür zu. Bis morgen? Ich gehe zurück in mein Zimmer, das Bett ist kühl, ich ziehe das Laken über mich, warte. Höre, wie Bonnie sich zurechtlegt, sich wieder umlegt, einmal schnauft, dann Ruhe gibt.

Ich liege da eine ganze Zeit, liege da, warte auf den Schlaf, der nicht kommen will. Irgendwann schau ich auf die Uhr neben dem Bett und steh auf, um noch ein paar Testbögen zu machen.

nach hause kommen

Ich hab mich rumgetrieben, will ich ihr sagen, wenn ich nach Hause komme, Mama, ich hab mich rumgetrieben, ich war lange da, und dann war ich da und dann auch dort. Weißt du noch, Grobi in der Sesamstraße, der wollte auch immer dort sein, aber das ging nie, das war doch lustig.

Ich bin durch die Fußgängerzone gegangen, ich hab mir ein Kleid gekauft, ich hab mir was geklaut. Hat keiner gemerkt, hier, den Ring, den kleinen aus Silber, an so einem Stand, hat keiner gemerkt, echt nicht, war fast ein bisschen traurig, dass es keiner gemerkt hat. Mama, ich hab mich rumgetrieben, ich war draußen ohne Ziel und Plan, ich hab dich nicht angerufen, um zu fragen, ob ich was von unterwegs, vom Markt, von Aldi, vom Schuster mitbringenabholen oder sonst was soll. Ich war einfach draußen, und der Ring ist viel zu eng und passt nur an den kleinen Finger, der Ring ist viel zu eng, aber ich hab ihn geklaut, und keiner hat es gemerkt. Am Rhein hab ich gesessen, eine Weile. Ich hab ein Eis gegessen, und da waren welche, die haben Musik gemacht, gekifft und Bier getrunken, und ich hab ihnen gewinkt, aber die waren vielleicht auch schon zu betrunken oder so. Ich hätte mich so gerne zu ihnen gesetzt und ihnen was von meinem Eis abgegeben, ihnen den Ring gezeigt, vielleicht hätten sie ja auch für mich gesungen, Happy Birthday kann ja nicht so schwer sein für einen, der Gitarre spielen kann. Und dann bin ich rumgelaufen, immer weiter, und hab Kussmündchen geworfen, für die Bauarbeiter mit den dicken Bäuchen an der Rheinstraße, die haben gelacht und gepfiffen und mir auch gewinkt. Ich habe mich rumgetrieben. Ich bin nicht nach Hause gegangen. Ich werde dir sonst was erzählen, wenn du mich fragst, falls du mich fragst. Ich werde dir irgendwas erzählen, und den Ring, den wirst du bestimmt nicht mal bemerken.

Das mit tom

»Wir nehmen das Auto«, sagt Mama inzwischen, auch wenn's nur zum Supermarkt geht. Zwei Minuten Fußweg, nein, wir nehmen das Auto. Und manchmal fahren wir auch einen Umweg, fahren nicht zum Einkaufen hier um die Ecke, sondern zum großen Supermarkt, dem an der Autobahn. Da laden wir dann den Wagen voll, bis er überquillt, da hat die liebe Seele Ruh, eine Woche, manchmal zwei. Mama sagt, dass man ja nicht für jeden Kleinscheiß von Laden zu Laden rennen muss. Und dass man hier ja alles hat. Und für Kleinigkeiten werde ich dann losgeschickt. Los, Jana, geh, hol, feines Mädchen. Und sagt, das sei, weil ich eh so wenig rausgehe, weil mir Bewegung guttut und so. Und weil sie sich ja nicht um jeden Scheiß selbst kümmern kann, arbeitet ja auch und dann noch Krankenhaus und all das. Kann ich ja wohl mal kurz um die Ecke zum Supermarkt gehen, bin schließlich alt genug.

Damit ich dann den Leuten erklären kann, was mit Tom ist, weil sie's einfach leid ist, dass Hinz und Kunz und die Kassiererin, weiß ja inzwischen jeder, dass wir die Familie sind mit Tom, haben ja alle in der Zeitung gelesen. Zu mir also: »Kleine, Jana, sag mal, wie geht es denn deinem Bruder inzwischen, hat sich was geändert? Und deiner Mutter?« Und sobald ich auch nur einen Gang weg bin, tiefe Blicke, Kopfschütteln, Flüstern, Raunen hinter vorgehaltener Hand. Weil, ich kann's ja nicht wissen. Und meine Mutter, die drückt sich ja davor, Auskunft zu geben. Also dann zwei Gänge weiter. Wie das kam, war doch keiner mit schwarzen Klamotten wie Schneiders Jannek. Bei dem, ja, bei dem hätte man sich das vorstellen können. Aber Tom? »Wer war das noch mal?«, fragt da eine. Na, der Junge, soundso groß und die Haare mit 'ner Farbe, und Sachen hat er auch immer angehabt und hat ja auch Menschen mal bei irgendwas geholfen. Weil ja jeder was über Tom zu erzählen hat. Der? Der doch nicht! Kopfschütteln, ungläubig. Aber sind ja immer die ruhigen. Und Tom, so gesund und rotbackig. Hat ja auch Sport gemacht.

»War der nicht?«

Ja, der war Langstreckenläufer. WAR. IST GEWESEN. Also gesund. Weiß man doch, mens sana und so. Woran hat's also gelegen? Die Eltern? Geschieden? Trinken? Asozial? Nein, arbeiten beide, scheinen auch Geld zu haben. Getrennt, ja, inzwischen, aber vielleicht war da vorher schon was, Kinder haben für so was ja ein Gespür.

Und Computerspiele, hat er? Oder diese laute Musik mit den schrecklichen Texten? Kennt man ja! Aber die schmeißen sich doch nicht von der Brücke, die laufen doch Amok.

Sagt eine: »Na dann lieber so was.« Lieber, er schmeißt sich von der Brücke, als dass er noch andere mit in sein Unglück zieht. Nee. Und gab's denn einen Abschiedsbrief? Schulterzucken, weiß keiner was von 'nem Brief. Schrecklich, so was. Die arme Mutter. Sieht man ja auch gar nicht mehr. Von welcher Brücke denn? Was? Von der? Und das hat er überlebt?

Ja. Hat er. Hat's überlebt. Jeder andere wäre draufgegangen. Jeder andere wäre inzwischen unter der Erde. Aber auch dafür ist Tom ja zu gut gewesen. Zu trainiert.

Tom, mit seinem überdurchschnittlichen Körper, der irgendwie der Physik aus dem Weg gegangen ist. Nee, Tom stirbt nicht. Tom überlebt es und liegt da.

»Ist ja auch nicht schön«, sagt die eine Frau und dass man irgendwann weiß, dass es nicht mehr besser werden kann. Irgendwer kennt auch Familien, die haben ihr ganzes Geld in so was reingesteckt, ein Krankenhaus nach dem nächsten und Reha und so was, nee, sind bankrottgegangen. Na, aber die ham's doch. Weiß man's?

Aber warum? Immer wieder das Warum.

»Hat er dir denn nichts gesagt?«, hat meine Oma gefragt. Nein, nichts. Und gab ja auch keinen Brief, selbst
seine Mails und Facebook und schülerVZ sind sie durch-
gegangen. Nichts, keine Freundin, die mit ihm Schluss
gemacht hat, kein Gemobbe, gab kein Zitat, keinen Sta-
tus, der einem irgendwas hätte verraten könnte. Kein gar
nichts. Hat ja keiner ahnen können.

Und jetzt liegt er da, und man kann ihn nicht mal
fragen.

Und wenn Mama sagt, Jana, geh doch noch mal zwei
Liter Milch holen, dann steck ich mir halt Musik in die
Ohren, geht ja auch.

ausfLug

Ich war am See.

Morgens aufgestanden, und es war schon wieder so
warm, so unglaublich warm, da wollt ich Wasser und
nicht mit Chlor. Also hab ich den Stadtplan rausgeholt
und nachgeschaut, wo man wie hinkommt. Habe mir
Kekse eingepackt und Schorle, Badesachen angezogen,
Sonnenbrille und Hut, Flipflops. Unterwäsche eingepackt, Matte, Handtuch, Musik, Sonnencreme. Meine
Monatskarte, dahinter Geld geklemmt, dann also los.
Einen Bus genommen, dann noch einen, dann erst mal
gewartet. Und dann kam noch ein Bus, weiter, ausgestie-
gen, den Rest gelaufen, sandiger Weg, ein paar Bäume,
also Schatten. Immer den Schildern nach, bis zum See,
der war plötzlich da und so, wie er sein sollte. Gab auch

einen Strand für mich und meine Sachen, war nicht ganz allein, eine Familie in der Nähe, die hab ich gefragt, ob sie auf meine Sachen aufpassen, solang ich im Wasser bin. Klar. Und ich war schwimmen, bin getaucht, hab mich durchs Wasser gerollt, vorwärts, rückwärts, ohne Wasser in die Nase zu bekommen. Und dann wieder draußen und wieder trocknen. Und Augen zu und lauschen und ein bisschen dösen. Dann doch zu warm, also noch mal ins Wasser, und das die ganze lange Zeit, nass werden, trocknen, trocken sein, wieder ins Wasser.

Irgendwann geht die Familie, kommen aber andere.

Kommt einer vorbei mit Eis in der Hand und sagt: »Jana?«

Und ich halte eine Hand schräg vor die Augen, hab aber keine Ahnung, wer das ist. Sage trotzdem: »Hi.«

Und er hockt sich hin, ist also jetzt besser zu sehen, erkenn ihn aber immer noch nicht. Da sagt er: »Du bist doch die kleine Schwester von Tom!«

»Ja«, sag ich, aber seh in seinem Gesicht nicht das, was ich bei den anderen sonst sehe, die danach immer sagen, was für eine schlimme Geschichte das doch ist und wie es ihm denn geht und mir und den Eltern und schlimm-schlimmschlimm.

»Ich bin Fabian, weißt du noch? Tom und ich waren in der fünften Klasse Freunde.«

Und danach nicht mehr?

»Wir sind dann weggezogen«, sagt er und setzt sich. »Wie geht's denn Tom? Was macht denn der grad?«

Er hat keine Ahnung, hab ich da kapiert, und wie auch, wird ja hier nicht groß rumgegangen sein. Was interessiert die das schon auf dem Land, was in der Stadt passiert ist, vor so vielen Wochen.

»Schule.«

»Ah. Hat's also weiter auf'm Gymnasium gepackt? Macht der jetzt Abi?«

Ich nicke.

Er reißt ein bisschen Gras aus und zerreibt es zwischen zwei Fingern.

Frag ich ihn: »Und du?«

»Hab 'ne Lehre angefangen.«

»Ja?«

»Versicherungskaufmann. Weiß, klingt öde, ist aber nicht so verkehrt. Ich will danach auch noch das Abi machen. Aber jetzt erst mal Geld verdienen.«

Ich nicke. Mir wird schon wieder warm.

»Bist du allein hier?«

Nicke wieder.

»Du, ich sitz dahinten mit ein paar Freunden, komm doch mit.«

Fabian ist ein guter Name, denk ich und dass man mit einem Fabian schon mal mitgehen kann. Also nehm ich meine Sachen.

»Wie alt bist du jetzt eigentlich? Vierzehn? Fünfzehn?«

»Fast sechzehn«, sag ich.

»Cool. Und Tom wollte nicht mit an den See?«

»Nee, der ist grad gar nicht da.«

»Ah, wo ist er denn?«

»Der reist. Also, hat so 'nen Job in Japan.«

»Japan, echt? Wow.«

»Ja, war aber über Freunde von meinem Vater. Und danach will er noch rumreisen.«

»Krass, Japan«, sagt Fabian und bleibt stehen. Zeigt rum und nennt Namen, sind ein paar Typen, drei Mädchen, die irgendwohin gucken, sieht man nicht, haben große Sonnenbrillen auf. Einer fragt, ob ich ein Bier will. Sag ich: »Später vielleicht.« Und leg meine Sachen hin, irgendwohin, will mich aber nicht setzen. Fabian schaut mich an, hat sein Eis schon lange aufgegessen und sagt, dass er jetzt ins Wasser geht, wer denn mitkommt. Die Mädchen regen sich nicht, die Jungs machen Biere auf und schwitzen. Also komm ich mit. Schwimmen und tauchen, und Tom hat jetzt auch Japanisch gelernt und schon geschrieben, dass er da ein Mädchen getroffen hat, und vielleicht kann er da sogar studieren. Und bin froh, dass Fabian nicht fragt, wo genau Tom in Japan ist, weil ich keine Ahnung von Japan habe. Fragt, was ich denn so mache und auf welche Schule ich gehe. Sag ich was von 'nem Internat, denn vielleicht kennt er ja jemanden, der in meiner Klasse sein müsste, wenn ich schon fast 16 bin. Also bin ich auf einem Internat irgendwo in Bayern. Er fragt zwar, wo, aber ich sag: »Kennst du eh nicht.«

»Mann, krass, und wie ist das so?«

»Okay«, sag ich und tu ganz abgeklärt und erzähl was von Freiheiten und dass wir die Lehrer duzen und auch mal im Schlafanzug in den Unterricht kommen und so. Und von Partys.

Und als wir wieder an den Strand gehen, leg ich mich hin und hab auch meine Sonnenbrille auf und tu müde und schlafend und hör einfach nur zu. Aber das interessiert die Jungs eh nicht und die Mädchen noch weniger. Irgendwann ist Abend, und ich hab vergessen zu schauen, wie lang die Busse fahren.

»Wir fahren noch zu mir zum Grillen«, sagt Fabian.

Und ob ich denn nicht mitkommen mag, sei auch noch Platz in seinem Auto, und ich sag, ja, überhaupt kein Problem, meine Eltern rechnen sowieso nicht mit mir. Da schaut er erst mal komisch, bis ich sage, dass ich eigentlich eh noch zu Freunden wollte, aber da kann ich auch später hin, weil, Grillen klingt super.

Die Mädchen haben auch weiter nicht mit mir geredet, aber das war okay, die Jungs haben weiter getrunken und sich unterhalten, übers Grillen und wie man das Fleisch richtig hinzulegen hat. Und es ist langsam dunkel geworden. Habe daran gedacht, dass ich ja eigentlich zu Hause sein sollte. Habe mir kurz überlegt, was ich wohl mache, wenn Mama mich fragt, warum ich denn nicht da war, als sie nach Hause gekommen ist, wie ich überhaupt nach Hause komme und wo genau ich eigentlich bin. Und dann hat Fabian mir ein Radler gemacht. Eigentlich mag ich Bier nicht so, aber mit Sprite ist es lecker und frisch, und Wurst gab's auch. Nach so einem Tag am See kann man schon Hunger haben. Und dann kamen noch welche, und da war auch die Mutter von Fabian, die saß irgendwann bei den Mädchen und hat eine von denen in den Arm genommen. Hat Fabian also auch eine Schwester, hab ich gedacht. Und es war dunkel und Musik und Tomatensalat, schön sauer der, und einer hat dann noch Gitarre gespielt, das war schön. Und nur Fabian kannte Tom und hat auch irgendwann nicht mehr gefragt, das war gut. Und wie gut auch so ein Radler schmeckt, so ein großes, kaltes Radler. Und noch eins, nach der Wurst und dann zum Salat.

Und dann bin ich da rumgelaufen. Durch den großen Garten, da gab es einen Teich und eine Hollywoodschaukel.

Ich hab mich da reingesetzt und nach oben geschaut und hab geschaukelt. Alles so ruhig und still, in mir und am Himmel.

Und dann ist Fabian gekommen, hat mir noch ein Bier in die Hand gedrückt, eins ohne Sprite, aber das hat dann auch nicht mehr so schlecht geschmeckt. Und haben da gesessen und gar nichts gesagt, irgendwann hat er meine Hand genommen. Ist doch eigentlich vielleicht auch gar nichts passiert, nur das bisschen Handhalten, und vielleicht ist er ein bisschen näher gerutscht.

Aber dann war das vielleicht doch zu viel Bier. Und Fabian hat gar keine Schwester, sondern eine Freundin, die plötzlich da war und geheult hat und dann weggerannt ist. Ich hab gar nicht verstanden, was die wollte. Dann ist Fabian ihr hinterher, aber sie kam wieder und hat mich angeschrien. Und waren noch andere Mädchen da und auch die Mutter. Sagt, ich solle doch gehen.

»Ich muss irgendwie in die Stadt«, hab ich gesagt und dass ich in der Nähe vom Westbahnhof wohne. Da hat sie geschnaubt. Und das sei ja die Höhe, was mir denn einfallen würde. Aber Fabian hat gesagt: »Mama, bitte.« Weil die anderen nicht mehr in die Stadt fahren und der Bus doch schon lange abgefahren ist, der letzte.

Die Frau hat ihre Schlüssel genommen und ist zu einem Auto, ich hab noch irgendwo meine Sachen gefunden.

Nach einzwei Kilometern hat sie angefangen zu schimpfen, auf mich, und dass ich ein Flittchen sei, und auf die Männer, und wie Frauen so was nur tun könnten. So richtig hab ich sie nicht verstanden, mir war schwindlig, weil das alles zu schnell gegangen ist, und nachts fahr ich auch nicht so gern Auto. Sie hat dann geraucht, und ich hab versucht, das Fenster aufzumachen, weil aus schwindlig übel geworden ist. Das hat aber nichts geholfen.

Da hab ich sie gebeten, dass sie doch bittebitte anhalten soll, und bin raus und zwei Schritte gelaufen, dann noch ein paar, hab geatmet und mich umgeschaut. Da hat sie meine Sachen aus dem Auto geworfen und ist losgefahren, mitten in der Nacht, und ich weiß nicht mal, wo ich bin. Kam auch nicht zurück. Ich hab da gewartet, aber die kam nicht zurück.

Das Gute am Sommer ist, dass die Nacht nicht so lang ist. Irgendwann wird es eben hell, auch wenn man noch kein Auge zugemacht hat, wenn man irgendwo anders ist und nicht weiß, wo. Muss man erst mal die Straße langlaufen.

Und wenn man eine Straße nur lang genug entlangläuft, kommt irgendwann auch schon ein Ort, wenn man Glück hat, hat ein Laden offen und verkauft einem einen Kakao, warm, und sagt, ja, eine Bushaltestelle hat's hier schon, aber am Wochenende fährt der Bus nicht. Aber wenn man nur die Hauptstraße weiter langläuft, aus dem Dorf raus und dann weiter, nach drei Kilometern kommt das nächste Dorf, und da an der Kirche, da fährt sogar am Samstag ein Bus.

ÜBERLAND

Am Samstag machen wir also die Überlandfahrt, sagt Kehrer. Er? Ja, er, seine Frau hat schon eine andere Fahrt. »Das ist doch kein Problem?«, sagt er.

»Klar, kein Problem.«

Also werde ich um acht abgeholt, war eh schon wach. Zeitung und Hund, und noch ist es nicht so heiß. Habe an die Sonnenbrille gedacht, an Hustenbonbons und Taschentücher, bin vorbereitet. Um acht fährt er also vor, steigt aus, der Wagen im Leerlauf läuft leer, Hand geschüttelt, eingestiegen, Sitz nach vorn. Sitz wieder ein Stück zurück, Sitz ist irgendwann richtig, Spiegel, Rückspiegel, die an den Seiten, ja, stimmt alles, angeschnallt, er nickt mir zu, noch mal ein Blick über die Schulter, Blinker, los. 30er-Zone. Er sagt nichts, ist also alles okay gelaufen, lässt mich fahren, sagt dann, dass ich an der nächsten Kreuzung bitte nach rechts fahren soll. Mach ich, sagt immer noch nichts, fahre also, sagt dann irgendwann: »So, und jetzt bitte geradeaus. Wir folgen der Bundesstraße.« Ich weiß, dass er einfach raus aus der Stadt will. Kenn ich.

Zwischendurch kriegt er einen Anruf, ich versuch,

nicht drauf zu achten. Bei seiner Frau läuft immer das Radio, hier nicht. Also weiter. Und fahre. Er beugt sich nach vorn, kramt in einer Tüte, holt ein belegtes Brötchen raus. Fleischwurst. Überlege, wie viele Fleischwurstbrötchen der Mann wohl so pro Woche isst. Hat ja allein bei mir auf vier von sechs Fahrten eins gegessen. Das rechnet sich. Das kann aber auch nicht gut sein. Das ganze Auto riecht schon nach Fleischwurst.

Dann kommen die letzten Häuser, die noch zur Stadt zählen. Die letzte Bushaltestelle. Ab da vorn darf ich beschleunigen, pass aber auf, falls hier doch irgendwo ein verstecktes 80er-Schild steht. Hatten wir alles schon. Der Kehrer schnauzt gerne mal rum. Fällt dann vom Sie ins Du, nennt mich dann plötzlich »Mädchen!«, also: »Mädchen, was machste denn da!« Danach bin ich wieder Frau Waldmann. Das ist okay. Bin nur das erste Mal zusammengezuckt. Hatte das schon gehört und kenne auch welche, die sich deswegen eine andere Fahrschule gesucht haben, dabei ist der Kehrer günstig. Da vorn nächstes gelbes Schild, Vorort, gehört zur Stadt, ist aber schon nicht mehr Stadtstadt. Ist Provinz. Will man nicht wohnen.

Also beschleunigen. Traktor kommt auf die Straße, fährt langsam. Fährt sehr langsam. Abbremsen, kann aber noch nicht überholen, weil da 'ne Kurve kommt. Und dann kommt auch noch ein Hügel. Dauert. Bis der Traktor drüber ist. Dauert.

Ich fang an zu schwitzen, weil ich nicht weiß, ob ich das mit dem Überholen noch vor der nächsten Kurve schaffe, und die kann man auch nicht einsehen und so.

Und versuch's mal und komm nicht vom Fleck. Gleich fängt der Kehrer garantiert an zu motzen. Wieso zieht denn der blöde Wagen nicht?

»So, Frau Waldmann, was war denn hier das Problem?«

Mir fällt auf die Schnelle nichts ein.

»Haben wir denn das Radio an?«

Was will der denn jetzt mit dem Radio?

»Nein?«

»Und was hören wir?«

Und als ich nicht antworte, kommt die nächste Frage. »Im wievielten Gang fahren wir denn?«

Kann ich da jetzt runterschauen? Sieht man das überhaupt?

»Im vierten«, antwortet er. »Und was machen wir jetzt?«

»Runterschalten?«

»Das wär doch mal eine Idee«, sagt er.

Er hat zwei Stunden aneinandergehängt. Also fahren wir eine Weile, bis in irgendein Kaff am Ende von sonst wo, und dann wieder zurück. Exakt dieselbe Strecke.

Diesmal kein Traktor, keine Komplikationen. Und die Sonne scheint, er hat das Fenster unten. Wär schon schöner mit Musik, werde ihn aber nicht danach fragen.

Irgendwann muffelt er was in seinen Bart, was ich nicht verstehe, überlege kurz, ob das an mich gerichtet war, aber dann sagt er: »Lebensmüde!«, und zwar ziemlich laut.

Er schaut sich um, sagt: »Mach mal langsamer, Mädchen«, also fahr ich langsamer und versteh erst nicht, warum.

»Wir halten bitte am Randstreifen an«, sagt er, weil da vorne ein Mädchen langläuft, und als wir näher kommen, seh ich auch, welches Mädchen.

Dann steigt er aus, geht auf sie zu. Sie hat sich grade umgedreht, wollte wohl den Daumen raushalten.

Ich kann nicht verstehen, was er sagt, nur dass er laut ist und aufgebracht.

Der Kehrer hat eine kleine Tochter. Acht oder neun oder so. Wahrscheinlich geht grad der Vater mit ihm durch, vielleicht aber auch nur die Straßenverkehrsordnung. Er schimpft. Irgendwann schaut Jana an ihm vorbei und entdeckt mich und winkt. Der Kehrer dreht sich um, sieht, wie ich die Hand hebe. Dann wieder zu Jana.

Sie kommen zu zweit zum Wagen zurück. Steigen ein, Jana hinten, murmelt: »Hallo«, und schaut dann aus dem Fenster.

»Frau Waldmann, kennen Sie die junge Dame?«

Ich nicke.

»Dann werden wir sie wohl besser mal nach Hause fahren.«

Während der nächsten Kilometer murmelt und nuschelt er in seinen Bart, schaut nach hinten, aber Jana starrt aus dem Fenster.

Irgendwann dreht er sich um, der ganze wuchtige Mann, und blafft sie an: »Bist du eigentlich lebensmüde, Mädchen?«

Da schaut Jana endlich vom Fenster weg, seh ich nur

aus dem Augenwinkel, dreht ihren Kopf zum Kehrer und sagt ganz ruhig: »Nein. Bin ich nicht.«

»Wie alt bist du eigentlich?«, fragt der Kehrer.

»Fünfzehn«, sagt Jana.

»Wissen deine Eltern, wo du dich rumtreibst? Mit fünfzehn?«

»Ja«, sagt Jana.

»Und die lassen dich auch trampen? Dass ich nicht lache.«

»Ich war ja mit dem Rad unterwegs. Am See. Da haben sie mir das Handy geklaut. Und das Rad. Und da hab ich gedacht, dass der Weg ja nicht so lang ist, wollte eben zur nächsten Bushaltestelle. War aber doch länger.«

Bullshit, denk ich.

»An welchem See warst du denn?«, frag ich.

»Am Baggersee.«

»An welchem?«

»Der mit den Sandhügeln drum rum«

»Und einer Insel mitten im See?«

»Ja, genau der.«

Ha! Die alte Lügnerin.

»Herr Kehrer, da vorn ist 'ne Bushaltestelle, da kann ich ja halten.«

»Frau Waldmann, wir können Ihre Freundin jetzt auch ganz mit zurücknehmen, wenn sie schon im Auto sitzt.«

»Ist das überhaupt erlaubt? Versicherungstechnisch?«, frag ich.

Der Kehrer winkt ab.

»Geklaut?«, fragt er nach hinten.

»Ja, war brandneu. Zum Geburtstag bekommen. Hatte eigentlich auch ein echt gutes Schloss.«

»Das waren bestimmt wieder diese Polen«, sagt er und reibt sich den Bart.

zapfenstreich

In Filmen ist das ja so, wenn sich einer aus dem Haus schleicht, weil er auf eine Party will, dann muss er sich was ausdenken. Weil sie in Filmen immer Ausgangssperre haben. Oder Hausarrest. Da steigen sie aus Fenstern und legen vorher noch irgendeine Puppe oder einen großen Teddy mit Perücke unter die Decke, um ihren Eltern vorzumachen, dass sie brav im Bett liegen.

Der dicke Fahrlehrer bringt mich nach Hause, also Louise macht das. Und sagt nicht mal Tschüs.

Ich komme also wieder, nachdem ich eine Nacht nicht in meinem Bett war.

Hat Mama die Polizei gerufen?

Sitzt sie mit roten Augen am Telefon und wartet auf ein Lebenszeichen?

Ich atme tief durch, schließ auf und steh dann im Türrahmen.

Und lausch ins Haus.

Sag: »Hallo.«

Sag es noch einmal lauter, also: »HALLO.«

Und nichts.

»Mama?«

Dann mach ich die Tür zu und geh rein. Alles ist leer und still. Und in der Küche steht mein Frühstück und ein Zettel, dass ich die Pflanzen gießen soll und saugen. Und die Geschirrspülmaschine, also: »Und räum die Geschirrspülmaschine aus, das solltest du gestern (dreimal unterstrichen) schon machen!«

Ich war einen Tag weg, und sie hat es nicht mal gemerkt.

Also dusche ich, und dann bin ich nass und dann trocken und sauber und esse Frühstück und räume die Spülmaschine aus, räum das dreckige Geschirr ein und denke mir, sie hat es nicht mal gemerkt.

Aber ich habe ja auch keinen Hausarrest, und über Ausgangssperre haben wir auch nie geredet, weil ich eh nie lang ausgehen wollte. Wenn mal was war, Geburtstag oder so, haben sie mich immer hingefahren und wieder abgeholt. Und jetzt bin ich dreizehn, ohne dass sie es gemerkt haben.

Schaut Mama abends nicht mal in mein Zimmer, wenn sie nach Hause kommt oder bevor sie ins Bett geht?

Ich such mein Handy, Mama hat sogar angerufen und auf meine Mailbox gesprochen, aber auch wieder nur, dass ich die Geschirrspülmaschine ausräumen soll und sie heute den ganzen Tag ins Büro muss. Dabei ist doch Samstag.

Dann sauge ich, geb den Blumen was zu trinken, denk mir noch was aus, schau nach dem Einkaufszettel, aber da steht nur MILCH drauf. Und für Milch muss ich nicht losgehen.

Ich geh in den Garten, und die Blumen leben auch noch, ich pflück mir ein paar Himbeeren vom Busch und schau nach den Johannisbeeren, aber die sehen immer besser aus als sie dann schmecken.

Und überlege, was alles möglich ist, wenn keiner schaut, ob ich nachts im Bett liege. Und plötzlich hat der Tag vierundzwanzig Stunden.

Und dann will ich es wissen.

Ich bin abends in meinem Zimmer, als Mama nach Hause kommt, und sie ruft nach mir, aber ich sag nichts. In meinem Zimmer ist es dunkel, und ich sitze in einer Ecke, mein Bett ist gemacht und nicht geschummelt. Ich warte. Es ist neun Uhr abends. Und Mama geht durchs Haus und telefoniert und schaut fern und irgendwann ist der Fernseher aus. Mama geht ins Bad und klopft kurz an meine Tür, leise, und sagt leise meinen Namen, aber ich antworte nicht. Die Tür geht nicht auf, das Zimmer bleibt dunkel, es ist zehn Uhr abends, und Mama geht ins Bett und denkt, dass ich schon schlafe. Und hat nicht ge-lauscht, ob ich im Bad bin, hat nicht geschaut, ob ich im Bett liege. Hat vielleicht nach der Geschirrspülmaschine geschaut oder ob die Blumen Wasser haben, und gese-hen, dass der Staubsauger jetzt anders im Kämmerchen steht als heute früh.

Und morgen steht sie dann um fünf auf und ist um halb sechs aus dem Haus, und dabei ist Sonntag. Und so jeden Tag. Manchmal will sie, dass ich Tom besuche, und sagt, dass wir uns im Krankenhaus sehen. Aber dann sag ich, dass ich morgens schon da war. Und dass ich Tom al-leine sehen will. Und manchmal mache ich das wirklich.

Dann sitze ich ein bisschen neben seinem Bett und lese was. Und sage Hallo zu den Schwestern, die zurückgrüßen und meinen Namen kennen. Die Schwestern sagen meinen Eltern, dass ich da war, und die glauben dann, dass es stimmt, wenn ich sage, ich bin morgens bei Tom, auch wenn ich das nur einmal die Woche mache. Und Mama fällt es gar nicht auf, dass wir uns jetzt seit einer Woche nicht mehr gesehen haben. Sie legt mir morgens einen Zettel hin, und ich erledige alles. Und manchmal bin ich auch da, wenn sie da ist, am Abend. Aber dann sitze ich in meinem Zimmer und warte, warte und lausche, wie sie durchs Haus geht, die Liste vom Tag durchsieht und abhakt und sich überlegt, was ich morgen machen soll, und warte und höre, wie sie fernsieht, wie sie nicht mehr mit Papa redet, wie sie manchmal telefoniert, mit Oma, und ihr vielleicht sagt, dass ich schon im Bett bin. Und dann schreibt sie auf die Liste: »Ruf mal Oma an, die hat gestern nach dir gefragt.«

Und warte, und Mama geht ins Bett und klopft manchmal und sagt meinen Namen, leise. Aber kein einziges Mal kommt sie rein. Und ich hab da eine Woche lang gesessen und gewartet, dass sie reinkommt und schaut, ob ich noch da bin. Sich an mein Bett setzt, eine Hand auf meinen Kopf legt, um sicherzugehen, dass ich noch da bin.

Nachtschicht

Und mein Zimmer liegt im Erdgeschoss. Kann das Fenster aufmachen, kann aussteigen, ohne an irgendwas runterklettern zu müssen, ohne tief zu springen. Einfach Fenster auf, raus, am Fliederbusch vorbei, muss kaum leise sein, weil Mama mich nicht hört, weil sie schon schläft. Mach mir die Jacke nicht zu, ist auch nicht kalt. Schau auf die Uhr, kurz vor Mitternacht, oben Sterne, unten ich. In meiner Straße ist nichts los, alles ganz still und starr.

Also geh ich ein bisschen, denke, vielleicht doch das Fahrrad nehmen, aber das steht in der Garage, die will ich nicht aufmachen. Ich laufe. Vielleicht nehm ich den Bus, vielleicht auch nicht, vielleicht fährt ja auch gar keiner mehr um diese Zeit.

Laufe zur Hauptstraße und in Richtung Innenstadt, das ist nicht weit, und laufe. Dann kommen da Kneipen, in denen sitzen noch Menschen, dabei ist es mitten in der Woche, aber ist ja Sommer, da bleibt man vielleicht sitzen.

Was macht man nachts? Wenn man nichts vorhat, was macht man dann? Ich kenn mich da nicht aus. Was macht man, wenn man nachts aufbleibt, während andere schlafen, und nicht, weil man noch einen Film schaut oder auf eine Party eingeladen ist?

Ich könnte tanzen gehen. Vielleicht hat was auf, wo ich hingehen kann, ich tanz gerne. Aber komm ich da rein? Und wo überhaupt? Ich könnte mich auch in eine Kneipe setzen. Aber ich bin 13 und seh nicht aus wie 18. Und weiß auch gar nicht, was ich da machen soll. In einer

Kneipe. Da sitzen doch nur alte Kerle vor Bieren und gucken.

Ist ja Sommer. Und warm. Viele haben die Fenster auf, und wenn die Fernsehen schauen, dann ist alles blau. Und manchmal hör ich Musik.

Dann kommt die Altstadt, riecht nach Pizza, und da laufen welche durch die Straßen, laufen heim, laufen woandershin, sind nicht allein, laufen zusammen und haben sich was zu sagen. Und da ist auch Musik, und einer räumt Stühle zusammen. Draußen wird jetzt zugemacht, weil hier Leute wohnen, weil die Straßen hier Gassen sind und alles hallt und weil die Leute, die hier wohnen, vielleicht nicht die Musik und das Gerede hören wollen. Also machen die draußen zu. Und ich lauf welchen hinterher, die laufen weiter, und zwei haben sich an der Hand, und die merken nicht mal, dass ich ihnen hinterherlaufe. Dann gehen die in eine Kneipe, und ich lauf den nächsten hinterher. Die gehen zum Fluss, und da seh ich, dass da noch andere sind und Musik. Hier ist es schön. Ich soll nachts nicht am Fluss sein, ich soll nachts eh nirgendwo sein, soll daheim sein, im Bett und schlafen. Aber ich bin jetzt hier, und es ist nicht gruslig oder gefährlich. Sind wohl Studenten und sitzen hier und unterhalten sich und trinken und rauchen. Und haben auch Musik dabei. Da oben leuchten die Sterne, und unten leuchten die. Und weil es dunkel genug ist, bin ich mutig und setze mich einfach dazu.

Beschließe, dass ich heute zum ersten Mal rauche, und frage einen, ob er eine Zigarette hat. Der schaut mich kurz an, sagt: »Wer schnorrt mich denn hier so dreist an?«

Sag ich: »Hi, ich bin Stella.«

»Hier, Stella, haste 'ne Zigarette.«

»Und Feuer, kann ich auch Feuer haben?«, frag ich.

»Rauchen kannste aber selbst, ja?«

Sag ich schnell: »Na klar, wieso?«

Er lacht ein bisschen, hält mir ein Feuerzeug hin, gibt mir Feuer, ich zieh vorsichtig und paff den Rauch gleich wieder aus.

»Danke«, sag ich und steh auf, weil ich weiß, dass man nur richtig raucht, wenn man auf Lunge raucht, und das muss ich woanders ausprobieren. Sag noch schnell Tschüs und geh ein bisschen, bis ich die Gruppe nicht mehr sehe, und dann setz ich mich auf eine Bank.

Auf Lunge rauchen geht so, ziehen, einatmen, »Huch, die Mama kommt!«, und das mach ich und muss husten, richtig schlimm husten. Warum machen die das? Noch mal versuchen, weniger Rauch, kurz Huchdiemamakommt, husthusthust.

Das macht keinen Spaß.

Dann wird mir schwindlig. Nein, nicht schwindlig, mein Kopf wird leicht. Nicht wie beim Alkoholtrinken. Irgendwie anders. Geht's darum?

Dann rauch ich meine erste Zigarette und versuche, sie richtig zu halten und nicht nach erster Zigarette auszusehen.

Und mein Kopf ist leichtleichtleicht, und dann geh ich ein wenig, und die Luft ist warm, fein, oben leuchten die Sterne, unten laufe ich. Bleibe bei einer anderen Gruppe kurz stehen und hör zu und laufe weiter, und irgendwann frag ich wieder jemanden nach einer Zigarette und denke, vielleicht wär's nicht schlecht, wenigstens selbst Feuer zu haben.

Das kann man also machen im Sommer, nachts, wenn man eigentlich schlafen sollte.

Man kann rauchen und am Fluss sein. Zum Beispiel.

Klar werde ich müde. Und geh nach Hause, da ist es dann schon weit in der Nacht, und geh nach Hause in meine leise Straße. Ich war am Fluss, und mir ist nichts passiert, ich hab geraucht, und mir ist nichts passiert.

Laufe nach Hause, wo mein Fenster noch offen steht, dass ich wieder reinsteigen kann und mich ins Bett legen und im Mund noch Zigarettengeschmack.

nachtschatten

Heute ist die Theorieprüfung, aber was schert's die Zeitung? Die Zeitung schert es einen Dreck. Die Zeitung wird trotzdem gedruckt und ausgeliefert, die Zeitung liegt als Bündel wieder vor der Tür, vor der sie jeden Morgen liegt, die Zeitung muss ausgetragen werden, ob ich Theorieprüfung habe oder nicht. Auch wenn mein Chef, denn so heißt der Ampelbäcker jetzt, mein Chef, auch wenn der mir heute früh ein paar Stunden freigegeben hat. Großzügig.

»Na, da werd ich mal nicht so sein«, hat er gesagt, weil die Scheißtheorieprüfung eben am Morgen ist, weil man die nicht machen kann, wann man will. Und ohne Theorie keine Praxis. Ich hab das Buch in der Tasche, weil ich mich kenne, weil die ganzen letzten Tage immer wieder Fragen aufgetaucht sind. Bremsweg? Reaktionsweg? Noch mal nach der Formel schauen, und ja, ich weiß, Reaktionsweg plus Bremsweg ist Anhalteweg. Wenn ich das nicht bestehe, wär ich ja saublöd. Man muss sich ja nur mal die Vollspacken anschauen, die da mit mir in der Fahrschule sitzen, die nicht mal den blödesten Dreisatz gebacken kriegen. Die größten Vollidioten sind mit dem

Auto unterwegs, hundertmal sitzengeblieben, aber Führerschein.

Aber weil ich mich ja kenne, weil ich weiß, dass ich vor Prüfungen immer noch mal nachschauen muss, weil mich das sonst wahnsinnig macht. Also Buch dabei, Hund dabei, Zeitungen dabei, Schlüssel dabei, ja, und auch die Kackbeutel, wobei Bonnie heute gar keinen Haufen machen will, gepullert hat sie auch schon, jetzt geht's nur noch ums Schnüffeln.

Und muss mich ja eigentlich auch nicht beeilen, weil ich ja nicht in die Bäckerei muss wie sonst. Kann danach schön frühstücken, in aller Ruhe duschen, Kaffee trinken, noch einen trinken. Ist eigentlich auch doof, bis neun Uhr noch rumzusitzen, bei der Arbeit wär ich wenigstens abgelenkt. Zu Hause mach ich mich bestimmt nur verrückt. Andreaskreuz? Parken vor dem Andreaskreuz?

Ich kann das verdammtnochmal!

Das wäre ja gelacht!

Und laufe die Straße entlang, und plötzlich raschelt's in einem Vorgarten, und Bonnie bleibt stehen. Wie angewurzelt. Lässt sich auch nicht weiterziehen, weil es ja raschelt, ist ja auch total spannend, dass da was raschelt, Bonnies Leben ist sehr langweilig. »Bonnie, komm.« Kommt nicht.

Raschelraschel. »Bonnie, das ist nur ein Häschen, lass, komm jetzt.«

Da flucht das Häschen aber.

Und dafür brauch ich auch kein Buch, dass ich weiß, dass Häschen nicht fluchen. Okay, das ist spannend. Also bleib ich auch stehen und lausche. Ob das ein Einbrecher ist? Sollte ich dann nicht lieber die Polizei rufen? Aber Einbrecher fluchen nicht, oder? Nein. Klingt auch nicht nach einem Einbrecher. Ich geh ein paar Meter weiter, weil ich von da aus vielleicht besser sehen kann, was da hinter dem Busch passiert. Bonnie schlägt kurz an, ziemlich leise, einfach nur »wuff« und danach grummeln. Noch einen Schritt zur Seite. Oh nee. Bonnie wufft noch einmal, da dreht sich Jana um. »Scht!«

»Sag mal«, fang ich an, aber sie wieder nur »SCHT!«, lauter diesmal.

Jana steht an einem Fenster im Erdgeschoss und müht sich ab. Versucht reinzuklettern.

Ich bleib stehen und schau weiter zu. Bonnie wedelt und zieht mich in Richtung Jana, wufft noch mal leise und lieb. Hechelt.

»SCCHSCHHHT!« von Jana.

»Hey, sag mal«, sag ich.

Jana seufzt, dreht sich um und raschelt durch den Busch zu uns.

»Hilf mir mal«, sagt sie.

»Wobei?«, frag ich blöde.

»Ich komm nicht mehr in mein Zimmer rein.«

»Nimm doch die Tür! Guck mal da, da hat das Haus so eine Öffnung, die ist extra dafür da. Derbe, was?«

»Ich kann nicht durch die Tür!«, fährt sie mich an.

»Ach, das ist ja doof. Na dann musst du wohl im Garten schlafen, was?«

»Was hab ich dir eigentlich getan?«

»Wieso? Ich lauf hier doch nur mit meinem Hund und trage Zeitungen aus.«

»Hilfst du mir jetzt? Hexenleiter? Bitte?«

»Sag mal, wie alt bist du eigentlich?«

»Fünfzehn.«

»Verarschen kann ich mich auch selbst.«

»Vierzehn.«

»Blödsinn!«

»Das ist doch total egal, oder? Hilfste mir jetzt oder nicht?«

»Wird das eigentlich langsam zur Gewohnheit, dass du mir über den Weg läufst?«

»Ich wohne hier! Du läufst hier lang!«

Jana beugt sich kurz runter zu Bonnie und streichelt sie.

»Na gut, los. Hab noch was anderes vor.«

Wir gehen ans Haus, ich seh mir das Ganze aus der Nähe an, sage: »Und da kommst du nicht rauf? Das ist doch lächerlich.«

»Ich hab schwache Arme.«

»Dann solltest du vielleicht in Zukunft nicht mehr nachts aus dem Fenster steigen.«

»Ja, Mutti!«

Ich halte ihr meine Hände hin, sie steigt rein, zieht sich hoch, ich heb sie noch ein bisschen, und dann ist sie auf dem Fensterbrett, fällt fast ins Zimmer, flucht leise, fängt sich aber. Jana dreht sich zu mir um, sagt schnell »Danke«, dann schließt sie das Fenster und zieht die Vorhänge zu. Bonnie wufft noch mal leise, schaut mich an, wedelt fragend, und weil nichts mehr passiert, geh ich weiter, trage die restlichen Zeitungen aus, gehe heim, schlage die Zeit tot, und um neun Uhr gehe ich

in die Fahrschule, und dann falle ich durch die Theorieprüfung.

faLLeɴ

Es ist diese eine Frage, es ist wie damals bei den Dik-
taten in der Grundschule. Nachdem wir die geschrieben hatten, wusste ich in der Pause auch immer, welches Wort ich nicht richtig hatte, und habe noch bei den
anderen nachgefragt, weil ich ja gewusst habe, dass
da was mit diesem einen Wort nicht gestimmt hat. Und
das hat es auch nie. Und ich komme aus der Prüfung
und denke, mmh, die eine Frage, die da mit dem …,
das war doch …, und als der nächste rauskommt und
sich auf die Treppe neben dem Eingang setzt, ich hab
noch nie mit dem geredet, aber jetzt sprech ich ihn
an, frag ihn, ob er mir noch mal sagen könnte, und er
nur: »Ey, nee, keine Ahnung.« Und steckt sich eine Zigarette an. Und die dann rauskommt, die hat gleich
noch die Praktische, die ist eh nicht ansprechbar. Sagt
noch: »Wenn ich durchgefallen bin, dann hab ich wenigstens frei, mein Chef erwartet mich erst wieder um
zwei.«

Ich möchte auch was sagen, so, ja, ich hab ja auch
grad einen Chef, aber bei denen bin ich eh die dumme
Schnepfe, wie die mich schon angucken. Gut, hab auch
nie ein Wort mit denen gewechselt, da kann ich nicht
plötzlich die große Solidarität einfordern. Also warten.
Die anderen rauchen. Ich rauche nicht, weil ich nicht

rauche. Irgendwann ist die Zeit vorbei, und alle haben abgegeben.

Es ist ja nicht so, als wär das Korrigieren besonders schwierig. Die halten einfach so eine Schablone daneben und gucken und haken ab, und gut ist. Das bei … dreizehn, oh, dreizehn, keine gute Zahl. Das also bei dreizehn Leuten, und dann kommt der Kehrer auch schon raus und guckt, und die, die gleich die Praktische hat, die sagt: »UND?!«, ruft es fast.

Er nickt ihr zu, sagt, dass sie sich schon mal bereit machen kann.

»Haben diesmal leider wieder nicht alle bestanden«, sagt er, und ich denke, na ja, bestanden haben werde ich schon. Das wär ja lächerlich. Ich weiß ja, wie viele Fehlerpunkte ich haben darf, und wenn es an der einen Frage hakt, dann bin ich immer noch drunter.

Dann kommt er zu mir und sagt: »Mensch, Mädchen, das mit dem Bremsweg …« Ich denke, wieso Bremsweg? Was will der denn jetzt mit dem Bremsweg? Und er stellt eine Frage, die ich beantworte, und er sagt: »Na, geht doch, war wohl die Aufregung, was?«

Ich versteh ihn nicht.

Da sagt er, na, das nächste Mal dann, in zwei Wochen.

Was in zwei Wochen?

Die Prüfung.

Welche Prüfung? Die Praktische? In zwei Wochen?

Aber wie der mich anschaut, da denk ich, nee, die Theorie.

Ich. Bin. Durchgefallen.

Ich bin durchgefallen und schau auf die Uhr, dann

geh ich mal besser zur Arbeit. In zwei Wochen. Ich bin durchgefallen.

Und dann steh ich vor dem Ampelbäcker, dann steh ich im Ampelbäcker, ist schon wieder so verdammt heiß hier.

Ein Ventilator auf dem Tresen, einer hinten im Kabuff, beide rühren warme Luft durcheinander, aber es hilft nichts. Und Angela sagt: »Mensch, eben war der Chef noch da. Und? War gut?«

»Was wollte er denn?«

»Was?«

»Der Chef? Was wollte der?«

»Hatte was vergessen. Na los, wie war's denn? Schwer? Ich hab damals Blut und Wasser geschwitzt. Aber ich hab's auch nicht so mit Prüfungen«, sagt Angela. Und fächelt sich Luft zu. »Ich hab das Gefühl, es wird immer wärmer.«

»Morgen soll's 39 Grad werden«, sag ich.

»Das ist doch nicht mehr normal. Vielleicht sollten wir hitzefrei einführen!«

Angela schaut aus dem Fenster.

»Und wann hast du die Praktische?«, sagt sie plötzlich.

Ich zucke mit den Schultern.

»Noch in den Ferien?«

»Ich bin noch nie durchgefallen. Ist noch Kaffee da?«

Ich geh nach hinten ins Kabuff. Wir haben inzwischen angefangen, eine Kanne Kaffee im Kühlschrank kalt zu stellen, dazu kalte Milch. Halbe Tasse Kaffee, halbe Tasse Milch, einen Eiswürfel dazu.

Ich geh wieder zurück zu Angela. Da steht ein

Kunde, dann kommt noch einer, und es geht los, bald ist Mittag, dann geht es richtig rund.

Ich bin noch nie durchgefallen. Ich habe noch nie eine Fünf bekommen. Ich habe einmal in meinem Leben eine Vier bekommen, aber auch nur, weil ich vorher krank war. Ich verstehe Mathe, ich kann mir leicht Daten merken, ich kann mir alles merken, was ich mir merken will und muss, Strukturformeln, Gedichte, Namen, Fremdwörter. Ich bin noch nie durchgefallen. Der hat doch gesagt, dass ich durchgefallen bin, nein, vielleicht hab ich mich geirrt, und der hat gar nicht mich gemeint.

Das kann nicht sein. Ich bin niemand, der durchfällt. Und das Baguette ist ausgegangen. Ob man heute noch welches bekommen könnte, fragt eine, sie würde heute Abend grillen. Da ruf ich den Chef an, und der sagt ja, sagt nee, sagt: »Ja, nee, na, wie viele will die denn?« Zehn Baguettes. Gut, macht er, sie soll um vier noch mal wiederkommen, na und wie denn die Prüfung gewesen sei, fragt er. Schwer?

Die war doch nicht schwer. Ich hab schon schwerere Prüfungen gehabt. Ich hab Lateintests gehabt, die schwerer waren.

Das war Multiple Choice!

Wie konnte ich da nur durchfallen? Ich bin doch nicht blöd. Ich habe gelernt! Ich habe geschlafen! Ich habe gegessen! Ich nehme keine Drogen, ich hab ja noch nicht mal geraucht! Also sag ich: »Ich bin durchgefallen«, und lege auf, frag: »Ja bitte? Was darf's sein?«

»Och nee, Louise! Durchgefallen?«, sagt Angela.

Ich mach so eine Handbewegung, schau immer noch die Kundin an. »Ja?«

»Ach je, durchgefallen?«, fragt die.

»Sie hatte heute Theorieprüfung«, sagt Angela, dabei soll die selbst bedienen.

»Ach! Mein Sohn hat jede Prüfung dreimal machen müssen! Immer erst beim dritten Mal hat's geklappt!«

Ja, aber dein Sohn ist wahrscheinlich auch strunz-blöd, und du weißt das nicht, weil du ihn viel zu gern hast. Dein Sohn kann von mir aus fünfmal durch irgend-welche Prüfungen gefallen sein, ICH! FALLE! NICHT! DURCH!

»Das wird schon!«, sagt Angela und die Frau: »Drei-mal! Jedes Mal.«

Und ich schnaufe kurz, ist ja auch warm, schau an der Frau vorbei, sehe die anderen Kunden, die alle gehört haben, dass ich, die nette Verkäuferin, die Gymnasiastin, die hier in den Ferien aushilft, dass die auch fehlbar ist. Und dann seh ich, ganz hinten in der Schlange, Con-stanze.

intensiv. station.

Im Radio haben die heute Ideen gesammelt, wo man's bei der Hitze am besten aushält. Im Kino, im Supermarkt, im Museum und so. Weil es schon wieder so warm ist, nee, nicht bloß warm, richtig heiß ist es. Mama hat die Rollläden überall unten gelassen, ich soll auch kein Fenster aufmachen, damit die warme Luft von draußen nicht reinkommt.

Trotzdem warm hier.

Und im Garten kann man's gar nicht aushalten. Die Bäume sind überhaupt keine Bäume, die sind noch viel zu klein. Und der Nachbar hat seine letztes Jahr auch gestutzt. Und kein Lüftchen. Und weil es so heiß ist und obwohl es so heiß ist, geh ich raus. Mit Hut. Mit großem Strohhut, der hat eine so breite Krempe, das ist, als würde ich meinen eigenen Sonnenschirm mit mir rumschleppen.

Am Kiosk hol ich mir eine Limo, die ist aber nach zwei Ecken schon wieder leer. Ich sauf mich noch dumm und dusslig bei der Hitze. Also geh ich in den Supermarkt und kauf mir eine große Flasche Wasser. Hab aber keine Tasche dabei, das ist doof.

Und dann steh ich da an der Kasse und überleg, dass ich mir vielleicht noch Kaugummis hole, so eine kleine Klimaanlage zum Kauen, und welche Sorte Kaugummi wohl am kältesten schmeckt.

Bestimmt die mit der blauen Verpackung. Alles, wo Mint drin ist.

Und dann komm ich dran und hab doch keine Kaugummis gekauft und zahl nur das Wasser und dreh mich um und fummel das Wechselgeld in die Potasche. Da ruft mich jemand, weil, an der anderen Kasse steht Mia mit irgendwem oder allein und ist ganz schnell bei mir, und ich bin noch da und nicht schnell genug gewesen, um wegzulaufen.

Und dann steht die da und schaut mich traurig an, und die ist nicht mal mit mir befreundet, ist aber in meiner Klasse. Und tut so. Und warum? Weil Mia in Tom verknallt war, als der gesprungengefallengelandet ist. Und weil Tom sich irgendwann mal drei Sätze lang mit ihr unterhalten hat.

So was wie »Weißt du, wann hier der Bus geht?« oder »Ist der Steinke eigentlich noch krank?« oder »Jana ist doch bei dir in der Klasse, kannst du ihr das mal geben?« und nicht »Mia, du, ich find dich toll, magst du nicht meine Freundin sein?« oder »Mia, erst heute seh ich dich! Wie konnte ich nur durch die Welt gehen, ohne dich und deine Schönheit wahrzunehmen? Ab nun wird jeder Tag, den ich ohne dich verbringen muss, wie Folter sein!« und noch nicht mal »Bock auf Knutschen?«.

Nicht mal das.

Mia heult gleich wieder. Nach drei Sätzen heult die.

»Hey«, sagt Mia.

»Ja?«, sag ich.

»Wie geht's denn dir?«, fragt sie. Und nicht so, wie man fragt, Na? Alles schön bei dir? Sondern »Wie geht's denn DIR?« mit Betonung auf DIR.

Weil SIE ja leidet.

»Gut. Selbst so?«

Jetzt schaut sie kurz weg. Atmet irgendwie viel zu tief ein und aus.

Guckt mich dann an, mir so ganz tief in die Augen.

»Nicht gut. Ich hab 'ne Seite gebaut. Für mich und Tom. Damit ich damit irgendwie klarkomme.«

Pause.

»Wie … geht es ihm?«

Ich zucke mit den Schultern.

Mia geht nämlich nicht ins Krankenhaus. Weil sie das nicht erträgt, sagt sie.

»Ich geh jetzt hin. Magst du nicht mitkommen?«, sag ich viel zu schnell und denk schon, Scheiße, was, wenn die jetzt echt mitkommt?

Aber ich hab Glück, weil Mia sagt, dass sie das noch nicht kann, dass sie noch nicht stark genug ist.

Aha.

Gut, ich geh dann mal.

»Ich schick dir mal den Link«, sagt sie, und ich sag Tschüs und weiß nicht mal, wovon die redet.

Und damit ich nicht gelogen habe, geh ich dann wirklich zum Krankenhaus. Und das Krankenhaus ist auch so ein Platz, wo es nicht heiß ist, wo man's fast aushalten kann, von der Temperatur her wenigstens.

Tom liegt nicht allein im Zimmer. Die haben gesagt, dass es vielleicht sogar besser ist, wenn er in dem Zustand (in SEINEM ZUSTAND) nicht allein liegt. Da ist ein anderer im Bett daneben, der liegt da wie Tom und liegt da schon viel länger. So lange, dass die ganze Wand an seinem Bett voll ist mit Bildern und Postkarten, da ist auch ein MP3-Player mit Ohrstöpseln, und überall stehen und liegen Sachen zum Erinnern für ihn.

Der ist auch gesprungen. Oder gefallen. Aus dem vierten Stock ist der gefallen und auf dem Boden gelandet. Und hier.

Und heute ist da auch eine, die ist öfter da. Eine Frau mit kirschroten Lippen und schwarzen Haaren, wie Schneewittchen sieht die aus, so schön, nach Winter sieht die aus. Und hat auch seine Hand wieder in ihrer Hand und redet nicht. Sitzt da, hat einen Stöpsel in ihrem Ohr, hat den anderen Stöpsel in sein Ohr gesteckt. Ganz leise ist das, das hör ich gar nicht. Sie schaut ihn an, und manchmal lächelt sie ganz schnell, so schnell, dass es noch schneller wieder vorbei ist, als ich geschaut habe. Und dann sitzt sie wieder da mit seiner Hand in ihrer und zwei Ohren und einem Lied zusammen und einem Kabel dazwischen.

Und weil ich sie doch nicht anstarren will, hab ich nur kurz genickt, als ich reingekommen bin, hab leise Hallo gesagt.

Hier ist es fast immer so still, außer wenn Mama und Papa da sind, die dann aber viel zu laut sind. Als ob Tom schwerhörig ist. Wie früher, wenn er nicht in die Schule wollte und sie ihn morgens immer aus dem Bett gerufengeschrien haben. Da musste er ja irgendwann aufstehen.

Darf jetzt liegen bleiben, sind ja auch Ferien.

Ich mach die Wasserflasche auf, so leise, wie es geht. Ganz langsam dreh ich den Verschluss auf, und es zischt, und meine Hand wird ein bisschen nass, aber so langsam mach ich das, dass nichts spritzt, dass es nur zischt, frisch und kalt, und ich krieg gleich noch mehr Durst.

Ich hab mir nicht mal mehr das Bild angeschaut, das da am Eingang hängt, wenn man hier auf die Station kommt. Das Bild hab ich ganz am Anfang für die Zeichnung von einem Kind gehalten, dann aber gedacht, dass das für ein Kind zu gut ist, aber eben so krakelig und wie mit schwarzem Filzer auf Papier gemalt. Und Papa hat das irgendwann auch gesehen und den Kopf geschüttelt, gesagt: »Wie können die nur?« Aber gefragt hat er niemanden, wie sie nur können, wie man das Bild da aufhängen kann mit dem großen Mann auf dem aufgeribbelten Pferd und dem kleinen runden Mann mit Hut auf dem Hasenreheichhörnchen, das ein Esel sein soll. Und die Kreuze, die sich nicht drehen. Windmühlen.

Und da kann man nicht mal sagen »Kunst« oder so, weil Papa den Kopf geschüttelt hat und gesagt hat, wie können die nur.

Also immer hinschauen, wenn ich daran vorbeigehe, und an Papas Kopf denken.

Nur heute nicht.

Und trinke und Flasche wieder zu und hab sie fest in beiden Händen und an meinem Bauch, meiner Brust, anderthalb Liter Kühlung an mir.

Wie die da sitzt.

Und dann schieb ich den Stuhl näher ran und schau Tom an. Toms Lippen sind ganz trocken, da ist weißes Geflocktes an seinem Mund, das wischt ihm keiner weg. Und keine Zunge, die kurz drüberleckt. Tom, du hast da was, sagen, dass er die Augen aufmacht und sagt: »Wo?« Und das Lustige ist doch eigentlich, dass die Leute immer erst an der falschen Seite rumwischen und dann an der richtigen, und wenn man sagt, ja, ist weg, dann wischen die immer noch mal drüber, um ganz sicherzugehen.

Schneewittchen kann mich nicht mehr sehen, jetzt, hier so an Tom gebeugt.

»Tom, du hast da was an der Lippe«, sag ich. Und er wischt nicht und fragt nicht »Wo?« und wischtleckt nicht über die falsche Stelle und auch nicht noch mal nach.

Und Krümelchen sind da an seinem Auge, Schlafstaub. Traumgrieß.

Ich mach das weg. Ganz vorsichtig. Und dann fuddel ich noch meinen Labello aus der Hose und mach ihm den auf die Lippen, damit die nicht reißen. Merkt er ja nicht. Ist nicht schlimm. So. Und dann lach ich kurz, weil ich an Mia denke und denke, wie lustig Tom das vielleicht finden würde, dass er vielleicht lachen würde, dass er Witze mit mir machen würde, wie damals, als wir klein waren. Aber vielleicht würde er ja auch wütend werden, vielleicht auf Mia, sagen, was bildet die sich eigentlich ein, das Küken, die Tusse. Aber vielleicht sagt Tom so Worte wie Küken oder Tusse auch gar nicht, vielleicht wird er auch wütend auf mich, weil er Mia nicht schlimm findet, weil er findet, das ist doch nett, dass die traurig ist um ihn, und dass man da gar nicht so blöde drüber lachen muss, dass ich das Küken, die Tusse, das alberne Stück bin.

Und mehr fällt mir nicht ein. Die da drüben haben wenigstens ein paar Lieder, zwei Ohrstöpsel und ein Kabel dazwischen.

Und weil da nichtsnichtsnichts ist, was mir einfällt, was ich sagen oder tun könnte, weil ich nicht weiß, ob Tom über Mia lachen würde, deswegen geh ich ganz schnell. Und schneller. Und bin wütend auf ihn, weil er vielleicht sauer auf mich ist, weil ich Mia scheiße und albern und nervend finde, weil ich Mia am liebsten eine reinhauen würde, die kennt Tom doch gar nicht. Aber ich auch nicht und gehe und raus, und das Bild ist nur an einem Haken, und wenigstens muss Papa jetzt nicht mehr mit dem Kopf schütteln, wenn er nachher kommt.

wie es angefangen hat,

kann man im Nachhinein vielleicht gar nicht mehr sagen, aber wann, das weiß ich, weil ich mich noch gewundert habe, weil es kurz vor den Ferien war. So ein Tag, an dem alle ein bisschen entspannter sind, weil kein Lehrer mehr einen unangekündigten Test schreibt, weil es keine Hausaufgaben gibt, weil man einfach noch ein paar Stunden absitzt, bevor alle nach Hause gehen, weil Fastnacht ist. Und eigentlich war es wie immer, er hat neben mir gesessen, wie schon das ganze Schuljahr, weil wir das in den Sommerferien abgemacht hatten. Weil wir Freunde waren, weil ich ihm helfen wollte, das Jahr zu schaffen, nicht noch einmal sitzenzubleiben. Deswegen hat er sich zu mir gesetzt, und ich habe meinen Platz am Fenster für ihn aufgegeben, denn Constanze und Janina wollten nicht neben ihm sitzen. Und so ging das ein paar Monate und ging gut, er hat es geschafft, ich habe ihm Mathe erklärt, wir waren Freunde, er hat mich manchmal abgelenkt, aber das war zu verkraften. Und nein, das war keine Liebe, auf keiner Seite, wo man nun sagen könnte, es hätte an dem einen Herzen oder dem anderen oder an Stolz und Trotz oder Rache oder Unerfülltem oder Ähnlichem, manchmal schwingt der Wind einfach um. Und dachte noch, es wäre nur, weil seine Freundin irgendwas oder seine Eltern, dass er kam, an diesem einen Tag, und mich nicht gegrüßt hat. Dachte, er sei eben schlecht gelaunt, habe vielleicht noch einen Witz gemacht, und vielleicht war es der Witz, vielleicht aber auch nicht. Aber da, da kam es das erste Mal, ein Satz von Paul, in die Magengrube. Und ich wusste ja, dass er das konnte. Nur zu mir war er so nie. Aber da. Und die vor uns haben es gehört, die hinter uns auch, Constanze, Janina. Und weil alle ein bisschen Angst vor ihm hatten, deswegen haben sie alle ein bisschen die Luft angehalten, bevor der Erste losgelacht hat.

Und vielleicht kann man jetzt sagen, dass ich genau in dem Moment etwas hätte antworten sollen, so was wie BISHIERHINUNDNICHTWEITER oder SO NICHT. Und wäre es eine dieser Geschichten gewesen, aus der wir alle ein bisschen schlauer und größer hervorgegangen wären, dann hätte sich ein anderer schützend vor mich gestellt, hätte Courage bewiesen, ihm gesagt, dass er aufpassen soll, was er sagt, wem er das sagt. Aber hatte ja keiner ein Rückgrat. Nicht in der Klasse. Hat sich ja nie einer getraut, was zu sagen, und wenn, dann war ich das. Und ich hab es nicht getan. Und wenn man das einmal hat durchgehen lassen, weil man gedacht hat, nach den Ferien, da wird alles wieder sein wie vorher, dann ist es leicht, dass solche Sätze wiederkommen. Und irgendwann kommen zu den Sätzen Tritte unterm Tisch dazu. Und eine Cola, die er absichtlich, aus Versehen in meine Tasche geschüttet hat. Und dann dauert es nicht mehr lange, bis das Lachen von den anderen schneller kommt. Und plötzlich dreht sich der Wind. Und man denkt noch, ach was, wird schon wieder. Und der Lehrer sagt: »Louise und Paul, Ruhe jetzt!«, weil man unterm Tisch zurückgeschlagen hat. Und der Lehrer denkt sich nichts weiter und der nächste Lehrer auch nicht. Und dass die beiden da in der dritten Reihe eben immer Unfug machen, da muss man kurz eingreifen, verbal, es einfach bemerken, das kommunizieren, und dann ist gut. Und dann kommt schon die nächste Unit dran. Und er will immer noch Hilfe in Mathe, aber es gibt kein Danke mehr. Und er flüstert so laut, wie er kann, dass man es hört, flüstert: »Dumm, aber nützlich.«

Und wenn er weg ist, weil er krank ist oder krankfeiert, dann merkt man kurz, wie er ein Vakuum hinterlässt, dass sich alle fragen, ob er nicht vielleicht doch um die Ecke kommt, damit sie ihn wieder anschauen können. Aber weil er dann nicht plötzlich auftaucht, schauen sie wieder mich an. Und dann ist es wieder Louise. Und nicht mehr Paul.

Man wird dann noch auf Partys eingeladen, man mag da aber irgendwann nicht mehr hingehen, liest vielleicht lieber ein Buch oder schaut eine DVD oder lernt was. Nur Constanzes Lachen war nicht laut. Janina war egal, auf die war nie Verlass. Aber bei jedem Satz oder Schlag, da kam nichts von Constanze, und sie blieb still, auch wenn die anderen schon gelacht haben.

Es ist nicht besser geworden. Es gab ruhige Tage, es gab Höllentage. Und es war irgendein Tag, an dem ich mich nicht mehr an meinen Platz gesetzt habe, sondern in die letzte Reihe. Dass man sich irgendwann wegsetzt, ist nicht nur eine Konsequenz. Steter Paul vertreibt Louise. Alle haben es gesehen, das ließ sich nicht vermeiden, und ein Lehrer dachte, das wäre irgendwas wie übertriebenes Teenietrennungsdrama, aber er hat sich nicht weiter drum gekümmert, weil keine wirkliche Störung vorlag. Und da bin ich geblieben, und irgendwann haben sie auch nicht mehr nach hinten geschaut. Constanze ist einen Platz aufgerückt. Janina auch. Keiner hat mich zurückgebeten. Ich habe ihm nicht mehr Mathe erklärt, er hat es auch so irgendwie geschafft. Ich hab keine Ahnung, wie.

Und einmal bin ich doch auf ein Fest gegangen. Und da war er, es waren auch andere da. Ich habe getanzt, bis mir Nacken und Füße wehgetan haben, und irgendwann hab ich gesehen, wie Paul und Constanze in einer Ecke liegen und rumknutschen. Dabei hatte sie einen Freund, er eine Freundin. Und auch das erklärt nichts und doch ein bisschen was, und am Montag drauf haben alle darüber geredet, dass ich mit einem aus der Parallelklasse geknutscht habe. Aber was da zwischen Constanze und Paul war, das hat keiner erwähnt.

Und irgendwann gibt es nur noch einen selbst. Wenn vorher eine Party nur cool war, wenn man auch dabei war, ist das nun anders, und nachmittags klingelt kein Telefon mehr, und die Wochenenden sind frei, und in den Pausen kann man ein Buch lesen. Man hat Zeit, und niemand braucht einen. Und das ist nicht mal schlimm.

Das überlebt man.

ausflüchte

Constanze hat mich schon die ganze Zeit angeschaut. Und eigentlich merke ich so was, wenn mich jemand so anschaut, so starrt. Aber weil es ja Mittag ist und alle noch Brot und Belegtes und solche Sachen kaufen müssen, deswegen ist es also voll beim Ampelbäcker. Wie jeden Tag um diese Zeit, wie Samstag fast den ganzen Tag, auch bei der Hitze, bei der die Menschen eigentlich am See oder in klimatisierten Räumen sein sollten und nicht hier. Bevor Constanze drankommt, sind da noch ein Walnussbrot, zwei Kaiserbrötchen, zwei Rübchen, ein Schokobrötchen, ein Frankfurter Kranz, eine Vollkornstange, eine Käsestange, ein Schweinsohr, ein Pfund Kaffee, eine Tasse Kaffee und eine Vorbestellung, und dann steht sie vor mir, dabei kann sie ebenso gut bei Angela bestellen. Aber nein, sie steht da und sagt nicht »Guten Tag, ich hätte gern«, sondern »Hallo«.

Und ich sage auch nicht »Was kann ich für Sie tun?«, sondern »Hi«.

Und Angela schaut nicht mal, weil dann eben der Nächste nachgerückt ist und bei ihr was bestellt. Hinter Constanze stehen die Bauarbeiter aus der Leibnizstraße, den einen mag Angela, den will sie bedienen. Und Constanze steht da und guckt, und ich denke, dass sie ja irgendwann sagen muss, was sie will.

»Wusste gar nicht, dass du hier arbeitest.«

Was soll man denn darauf auch sagen? »Echt nicht?« oder »Du, das hab ich dir auch gar nicht erzählt, wann denn auch?«.

Also zucke ich einfach mit den Schultern und mache irgendwas mit meinem Gesicht. Und sie: »Schon lange?«

»Drei Wochen.«

»Und?«

Und was?

Wieder Schulterzucken.

Wir haben uns mal über diesen Omismalltalk lustig gemacht. Wir hatten eine Zeit, da haben wir uns einen Spaß draus gemacht, haben uns mit Nachnamen angesprochen, haben so getan, als hätten wir Hütchen auf dem Kopf und Handtaschen am Ellbogen, und über das vortreffliche Wetter schwadroniert. Ich schau hinter sie. Da steht die Frau Doktor, die nur so heißt, weil ihr Mann Doktor ist und weil keiner, auch sie nicht, begreift, dass sie dadurch nicht automatisch auch den Doktortitel hat. Und Frau Doktor will eh immer dasselbe, das könnte ich eigentlich schon bereitliegen haben. Aber das habe ich einmal gemacht, da wurde sie kiebig und hat absichtlich was anderes bestellt. Und sie ist ungeduldig, denn Frau Doktor hat einen strengen Tagesplan, den sie trotz Hitze einhält. Und so guckt die auch.

Dann endlich: »Ich soll Brot kaufen. Äh, Roggenmisch.«

Ich zeige auf das Brot, Constanze nickt, ich wickel es ein, dann das gewohnheitsmäßige »Darf's sonst noch was sein?«, und damals hätten wir drüber gelacht, aber da war es auch anders gemeint. Jetzt sagt sie: »Das war's«, und gibt mir Geld, und ich gebe Wechselgeld und schau schon hinter sie, da sagt sie: »Du, wenn du mal Zeit hast ...?«

Und ich antworte: »Ist grad viel los«, und damit meine ich vielleicht die Leute, die da jetzt stehen und was wollen, damit meine ich vielleicht meine Ferien oder einfach »NEIN«, und sie geht. Frau Doktor will doch dasselbe, und ich denke, du blöde vorhersehbare Schnepfe, schau auf die Uhr und hab noch anderthalb Stunden. Frau Doktor schnepft mich an, so subtil, dass ganz blöde Menschen denken könnten, sie meint es freundlich, aber der bin ich zu ordinär, auch wenn ich jetzt schon einen besseren Schulabschluss habe als sie, auch wenn ich später mal nicht Frau Doktor heißen werde, nur weil mein Mann Arzt ist. Aber jetzt stehe ich hinter dem Verkaufstresen und muss sie bedienen, wie sie das gewohnt ist, weil sie aus so einer Familie kommt, in der man schon immer bedient wurde, und das nannte man mal, und nennt sie noch, aus gutem Haus. Und was fällt Constanze überhaupt ein, dass sie plötzlich mit mir reden muss? Scheint ihr wohl langweilig zu sein. Hat die nichts Besseres zu tun? Hat die nicht einen Freund, den sie betrügen muss, kann die nicht an irgendeinem See rumhängen und sich einen Sonnenbrand holen? Kann die nicht auch einfach die Schule wechseln wie er? Wollte sie nicht? Hat er sie nicht mitgenommen?

Und dann schneid ich mir auch noch in die Hand, als ich ein Brot halbieren will, tief, es blutet und große Aufregung. Ich soll das erst mal unter Wasser halten, dabei ist das genau das, was man nicht machen soll, ich soll nach hinten gehen, bevor ich alles vollblute, und dann sagt schon eine: »Oh, das sieht aber nicht« gut aus, das sollte sich mal besser ein Arzt angucken, Mensch, Louise, was machst du denn?«

Ich schau hoch und seh der Kleinen ins Gesicht.

Angela sagt: »Oh, ihr kennt euch?«

Jana nickt, und dann lügt sie wieder, was das Zeug hält, dass sie meine Cousine ist und sich ausgesperrt hat und eigentlich nur vorbeigekommen ist, um mich nach unserem Schlüssel zu fragen, weil wir den Ersatzschlüssel haben. Und jetzt das. Und ich hätte doch eh so schlechte Blutwerte und müsste immer Eisen essen.

»Oje, du bist ja schon kreidebleich«, sagt sie also, und Angela wird nervös.

»Louise, vielleicht solltest du besser nach Hause gehen.« Dann dreht sie sich zu Jana. »Du bringst sie doch?«

Jana nickt so verlogen aufrichtig, dass ich fast loslachen muss. Aber die Hand tut zu weh, auch wenn der Schnitt nicht so tief ist, dass ein Arzt irgendwas dran machen muss. Das braucht Angela nicht zu wissen. Ich leide ein bisschen, Jana sorgt sich ein bisschen, und Angela verspricht, dem Chef nichts zu sagen, und ich hab Feierabend und einen Geschirrhandtuchverband.

Drei Ecken weiter bleibt Jana stehen und schaut sich die Hand an. »Lass«, sag ich.

»Ich will doch nur mal gucken!«

»Ist nicht so schlimm.«

»Das weißt du doch gar nicht.«

»Erstens ist das MEINE Hand, und zweitens wohne ich direkt neben dem Krankenhaus, da weiß man, was schlimm ist und was nicht.«

»Klar.«

Jana lässt meine Hand los und geht weiter. Irgendwann bleibt sie stehen und sagt: »Na dann …«

Und ich: »Wie, na dann? Du sollst mich doch nach Hause bringen. Ich bin schwer verletzt.«

»Stör ich dich nicht?«

Ich zucke mit den Schultern. Ich muss mit dem Hund raus und wieder Bögen machen und dann abends in die Fahrschule, damit ich vielleicht doch noch was lerne, und dann noch eine Runde mit dem Hund und dann früh ins Bett und wieder früh raus, und dann denke ich an Constanze, die nur Roggenmischbrot holen muss.

»Ich muss nur kurz nach Hause«, sag ich.

Als wir vor der Haustür stehen, schaut Jana sich um, als würde sie verfolgt.

»Ist was?«, frag ich.

»Nö«, sagt sie.

Ich schaue, aber da ist niemand und nichts. Nur Jana ist plötzlich anders.

Kleiner.

RAUSCHEND

Ich denke, dass Mama bald aus dem Büro kommt und ins Krankenhaus fährt und dass sie immer hier vorbeikommt, wenn sie mich dann hier sieht, … Aber Louise macht schon die Tür auf, also schnell rein. Sie legt den Zeigefinger auf die Lippen, aber das muss sie gar nicht, hier ist es eh so komisch still, dass man selbst ganz still wird. Und dann sehe ich auf dem Sofa einen Mann liegen, das ist wohl ihr Vater, und sie macht eine Tür auf und schaut ins Schlafzimmer, da liegt eine Frau auf dem Bett. Sie macht die Tür wieder zu, nimmt die Leine, und ich frag ganz leise: »Warum schlafen deine Eltern denn?«

»Weil sie müde sind.«

Vielleicht sind ihre Eltern ja krank. Aber warum schlafen die denn in Kleidern? Und warum nicht im selben Zimmer? Ich finde das alles sehr merkwürdig, und dann liegt da noch ein Zettel, wie bei uns, und ich hab heute früh gar nicht mehr geschaut, was auf meinem stand. Und dass ich mir nachher bestimmt was anhören muss, aber vielleicht auch nicht. Und dann kommt der Hund und muss auch leise sein, dabei klimpert die Leine am Halsband, und schnell wieder raus.

Und da atme ich kurz auf. Dann fällt mir Mama wieder ein.

Ich will hier weg.

»Kommst du?«, fragt Louise.

Ich will wissen, wo wir hingehen, aber eigentlich ist das auch egal, ich will nur weg und hoffe, dass Louise einen Weg nimmt, auf dem Mama uns nicht entgegenkommt. Und das Gute ist, dass sie das wirklich tut, Schummelwege, Schleichwege, wo Autos gar nicht langfahren dürfen. Das ist gut.

Irgendwann hab ich nicht mehr aufgepasst und weiß auch gar nicht, wo wir sind, aber das ist auch gut, weil, wenn ich das hier nicht kenne, dann fährt Mama hier bestimmt auch nicht lang. Und dann sind wir bei einem Haus, das ich nicht kenne, aber Louise und der Hund auch. Und Louise hat auch den Schlüssel. Als wir da vor der Tür stehen, schaut eine Nachbarin aus dem Fenster, mit spitzer Nase. Da winkt ihr Louise, sagt auch ihren Namen und dass ihre Oma sie angerufen hätte, und sagt noch ein paar Sachen, dass die Frau nicht mehr so wichtig tut und ihren Kopf wieder ins Haus zurückzieht.

Louise schließt auf, und der Hund läuft gleich rein.

Es riecht nach Oma, und so sieht es auch aus. Wenn ich jetzt frage, was wir hier machen, dann schnauzt mich Louise bestimmt gleich wieder an und schickt mich weg. Aber ich will nicht weg, ich will bei Louise und dem Hund bleiben, auch wenn es hier nach Oma riecht.

Sie geht einfach rein und sagt: »Mach die Tür zu«, also mach ich die Haustür zu, steh im Flur und warte.

Das ist ein fremdes Haus, ich kenn mich hier nicht

aus, ich bleib stehen und warte, und dann kommt sie wieder und hat eine Tasche dabei, und da ist auch der Hund und dann Tür wieder auf, und Louise sagt: »Komm.«

Und wartet zu Hause ja auch keiner, und im Krankenhaus war ich. Da fehlt jetzt ein Bild, das hab ich aus dem Rahmen genommen und klein gefaltet und eingesteckt, den Rahmen an eine Mauer am Weg gestellt, den hat bestimmt schon jemand mitgenommen.

Und die werden sagen, ja, die Jana war schon da, und Mama und Papa können da zu zweit sitzen und sich was erzählen lassen, wie welche Werte sind und wann und ob man vielleicht was wie bei Tom zusammenflickenrepaoperieren kann.

»Komm«, sagt Louise wieder und hält die Tür auf, ich geh also, komm mit, wohin?

Louise macht die Tür zu, schließt ab, der Hund wedelt, Louise hat eine Sonnenbrille auf und geht vor, um das Haus rum, Kies knirscht. Sie klimpert mit einem Schlüssel, mit dem macht sie die Tür von dem Auto auf, das da steht, steigt ein und macht auch mir die Tür von innen auf, weil das ein altes Auto ist.

Das Auto ist klein und riecht auch nach Oma und Duftbäumchen. Das Auto ist so alt, dass da ein Radio mit Kassettending drinnen ist, und da sind auch Kassetten aufgereiht, aber die will ich nicht hören, aber vielleicht fahren wir auch nur einkaufen oder so.

Und Louise macht den Wagen an, sagt: »Na bitte, geht doch«, und dann fahren wir los, und sie schaut nach der Nachbarin, aber die kann uns gar nicht sehen von ihrem Haus aus, die muss schon rauskommen, und dafür ist es zu heiß. Und das Auto ist so alt, dass es keine Klimaanlage hat, also macht Louise das Fenster auf und ich auch, und der Hund hinten liegt da, und Fahrtwind ist was Gutes.

»Darf ich?«, frag ich. Louise schaut zu mir, ich zeig auf das Radio, und sie nickt. Ich mach das Radio an, da kommt nur Gerede und ein bisschen klassische Musik und dann wieder mehr Gerede. Irgendwo sind viele Menschen gestorben, und ich suche einen anderen Sender. Und dann ein gutes Lied, und als das Lied zu Ende ist, redet auch jemand, aber auf Englisch.

Ich mach die Augen zu, und der Fahrtwind rauscht um mich herum und geht mir in die Haare mit Luftfingern. Manchmal ist still sein nicht schlimm. Es gibt Stille, die ist schlimm und bohrt unter Fingernägeln und pikt in Augenwinkeln. Und dann gibt es Stille, die ist wie in der Wiese liegen und Hummeln. Oder so, Autofahren und Hund hinter mir und Wind und englisches Gerede im Radio, das so schnell ist, dass man die schlechten Nachrichten erst gar nicht hört.

Dann mach ich die Augen wieder auf, und wir sind ganz woanders. Nicht mehr in der Stadt, das ging schnell.

Und schau rüber, und vielleicht frag ich doch mal besser: »Wohin fahren wir denn?«

»Ich hab keine Ahnung.« Louise kichert. »Ist das schlimm? Hast du Termine?«

»Nee«, sag ich.

»Vermisst dich jemand?«

Ich fummel an der Lautstärke rum, bis alles wieder genauso laut ist wie vorher.

»Wenn du aufs Klo musst oder Hunger hast oder so, sagst du einfach Bescheid, ja? Oder wenn du aussteigen willst. Klar?«

»Okay.«

Ich schau aus dem Fenster, dann zu ihr.

»Und deine Hand?«

»Alles fein, tut nicht mehr weh. Schau«, sagt sie und hebt die Hand kurz vom Lenkrad, »Wenn man neben dem Krankenhaus wohnt, kann man Eins-a Verbände machen.«

Und dann denk ich, dass sie das allein gemacht hat, als ich da im Flur gestanden hab, und nur mit einer Hand. Die braucht wohl niemanden.

Fragt sie: »Haben deine Eltern ein Auto?«

»Zwei«, sag ich.

»Ah, zwei. Das heißt, die fahren auch viel Auto?«

»Ja. Glaub schon.«

»Und du fährst bestimmt immer mal wieder mit, oder?«

»Ja?«

»Dann sag mir doch mal, wenn du so neben mir sitzt, wie fahre ich?«

»Okay.«

»Okay. Gut. Okay ist gut, oder?«

Ich zucke mit den Schultern.

»Okay heißt, dass du keine Angst hast, dass ich gleich einen Unfall baue?«

»Ja. Also, ja, ich hab keine Angst.«

»Ich fahre also gut, oder?«

»Glaube, ja.«

Louise nickt.

Und sagt leise: »Eben.«

Dann ist sie ein bisschen still und sagt dann: »Sag mal, hast du so gar keine Angst vor mir?«

»Wie, Angst?«

»Haben deine Eltern dir nicht gesagt, dass du nicht einfach mit Fremden mitfahren sollst?«, fragt sie, und ich denk, ist doch eh schon zu spät. Ist doch alles schon passiert. Und mach »Pff«. Und dann sag ich: »Vielleicht kenn ich dich ja doch schon. Hast du denn keine Angst vor mir?«

Louise schaut rüber und sagt: »Nee. Du bist harmlos.« Und lächelt.

Weil sie lächelt, deswegen klingt das harmlos nicht schlimm, nicht nach Baby, nach »Du hast ja keine Ahnung«, sondern okay.

Und dann schaut sie mich an und sagt: »Was machen wir jetzt?« und grinst.

»Ich darf bestimmen?«

»Du bist die Bestimmerin.«

»Können wir Sternschnuppen gucken?«

»Aber es ist noch hell.«

»Dann bestimme ich, dass es jetzt dunkel und Nacht ist.«

aLs OB

Und was machst du so in den Ferien? Fährst du in den Süden? Mit deinen Eltern, mit Freunden? Hast du einen Job? Machst du ein Praktikum? Willst du ganz viel Zeit am See, im Schwimmbad, mit deiner Freundin verbringen? Verplemperst du Zeit, bist du verplant, durchgeplant, organisiert?

Mach was anderes. Klau das Auto deiner Oma, was nicht mal klauen ist, weil sie es nicht merken wird, weil sie in der Toskana ist und weil, klauen in der Familie zählt nicht, gibt's nicht. Lass deinen Job und den anderen sausen und lass deinen Bruder im Krankenhaus liegen. Vergiss das letzte Schuljahr und dass deine Eltern nicht mehr miteinander reden. Und wenn du Lust hast, dann nenn dich anders, gib dir einen anderen Namen, nenn dich nicht mehr Louise, nenn dich nicht Lou, Loulou, Louischen, du kannst eine Indianerin sein, die Häuptlingstochter. Du kannst im Sommer alles sein, was du willst, kannst Fremdsprachen ausprobieren und erfinden. Der Sommer hat tausend und eine Tür. Und die stehen auf Durchzug, weil es heiß ist. Deine Eltern müssen arbeiten und sorgen sich, dass der Teppich einstaubt und die Blumen verdursten, deine Eltern haben Steuererklärungen zu machen und Krankenkassen zu wechseln, Überweisungen zu tätigen, deine Eltern müssen Rentenversicherungen abschließen und zur Vorsorgeuntersuchung.

Du musst noch nicht mal wählen gehen!

Also ist es Nacht und dunkel, als Kind hat das doch auch funktioniert, du hast gesagt, schau, ich hab Geld gefunden, hunderttausendmillionen Euro, wir gehen jetzt so viel Eis essen, wie wir können und wollen. Und wenn es Nacht ist und Sternschnuppen fallen, dann kannst du dir was wünschen, und jeder Wunsch wird in Erfüllung gehen, JEDER VERDAMMTE WUNSCH. Also wünsch dir was, bis dir nichts mehr einfällt, und dann gehen Jana und Louise oder Josie und Luana weiter mit dem Hund, ein Hund, ein Stock, ein himmelblauer Unterrock. Also Erdbeereis. Und was zu trinken von der Tanke. Jetzt mal im Ernst, du siehst aus wie 18, wenn du dich nicht dumm anstellst, wenn du mit dem Auto ankommst und so tust, als sei die Kleine neben dir deine Schwester, dann kannst du sogar harten Alkohol an der Tanke kaufen. Zumal du ja mit dem Auto unterwegs bist, und wer fragt dich schon, ob du mit oder ohne Führerschein fährst, KEIN! MENSCH! Im Urlaub damals sind ja sogar die kleinen Jungs schon mit Mopeds rumgefahren, und du hast schon fast alle deine praktischen Stunden runtergerissen, also darüber musst du dir grade echt keine Gedanken machen. Und wenn du Zigaretten willst, dann kauf dir welche, oder dann lass die große Schwester, der du nicht ähnlich siehst, welche kaufen. Und dann was? Jetzt fahrn wir an den See, an den See, jetzt fahrn wir an den See. Mit einer hölzern Wurzel, Wurzelwurzelwuhurzel! Kichern. Musik lauter. Ist das schon Italien oder noch Hessen? Sind wir eigentlich im Kreis gefahren?

Lässt du dir im Ernst von deinen Eltern sagen, was du in den Ferien zu tun hast? Nur, weil die damals immer arbeiten mussten und im Winter den Weg zur Schule im zehnmeterhohen Schnee mit Schuhen aus Papier, und man hatte ja auch nix zu fressen damals und überhaupt, quatsch. Schlafen können wir auch noch, wenn wir tot sind, arbeiten, wenn wir müssen. Komm, wir sind Meerjungfrauen und tauchen. Ich kann auf den Händen stehen und Rolle vorwärts, rückwärts, seitwärts, ran, Hacke, Spitze, hoch das Bein! Wenn es zu heiß ist, dann machen wir einfach einen Regentanz. Und Buttermilch nach dem Schwimmen, weil das das Beste nach dem Schwimmen ist. Der See ist vielleicht auch nur ein Freibad, und jetzt riechst und schmeckst du nach Chlor, gerade da ist Buttermilch gut, Schwimmbäder riechen nach frisch gemähtem Rasen, nach Sonnenmilch und Pommes. Das dicke Kind ist morgens schon auf dem Einmeterbrett und übt Arschbomben und spritzt die am Beckenrand erst ab eins nass. Sehenswürdigkeiten wollen wir nicht, aber Postkarten mit Papageien drauf, und wir schreiben welche, schreiben »Liebe Freundin, schöne Grüße aus der sozialökonomischen Republik Schnupidistan, Wetter super, nur die Limo will nicht schmecken. Habe Lieder gelernt und will mich in Zukunft mehr für das Allgemeinwohl in meiner Kommune einsetzen, mehr Schleifen an Bäumen! Rosa! Deine Freundin Daniela!« und schicken sie an deine Grundschullehrerin. Und wenn jemand fragt, wir sind auf der Durchreise, wir sind nur Milch holen, wir sind auf dem Weg zur Großmutter, die krank darniederliegt, mit Kuchen, Brot und Wein und fragen: »Bist du der große böse Wolf?«

Und lachen überhaupt, wie noch nie jemand gelacht hat, wir vor allem nicht. Dreihundert Arten des Lachens. Kichern ist eine eigene Kategorie.

Lass uns kurz Luft holen.

Und die Augen zumachen.

Pass auf, dass du dir keinen Sonnenbrand holst. Ich bin mal in der Sonne eingeschlafen.

Und dann?

Und dann … machen wir was anderes.

Worauf hast du Lust?

Wir sind ein zweiköpfiges Monster, und wenn du groß bist, wenn ich groß bin, dann bringst du mir das Autofahren bei. Jetzt sind zwei Arme am Lenker, ein Kopf schaut auf die Straße, der andere darf schweifen. Wir haben noch zwei Hände, die Snacks reichen und neue Sender suchen. Dann legen wir Peter Maffay ein und lachen ein bisschen.

Wohin wollen wir fahren? Zwei Köpfe und kein Kompass, kein Kompromiss, du sagst Griechenland, ich sage Grönland, du sagst Molokai, ich sag Mongolei. Vielleicht einigen wir uns auf einen Buchstaben, auf B, B ist ein guter Buchstabe, Orte mit B sind Bangladesch, Bayreuth und Beirut.

Berlin und Benin. So geht das nicht, so kommen wir keinen Meter weiter, sage ich, wir machen Rast und dehnen die Glieder, und du lachst, kicherst »Glied« und hast rote Backen. Wir spucken kein Feuer und fahren im Kreis. Wir sind einen Monat und ein Jahr und nur ein paar Stunden unterwegs. Wir können dir sonst was erzählen, du musst uns glauben. Ich sage dir, wir waren auf Safari, und wenn Tiger und Löwen Babys bekommen, heißen die Liger oder Töwe. Das ist dämlich, aber nicht zu ändern. Nein, sagst du, die können sich doch in der freien Wildbahn gar nicht begegnen.

Dann erzählen wir dir also, dass wir am Südpol waren, dass wir einmal Pinguine sehen wollten. Warum, fragst du, weil es da doch andere Tiere geben muss, wenn man schon woanders hinfährt, Pandas oder Koalas, Schnabeltiere, tellergroße Schmetterlinge. Wir fahren mit dem Auto durch Kalifornien und halten an einer Tankstelle, wir bestellen einen Kaffee, also braunes Wasser, und die Frau fragt uns, wo wir denn herkämen. Und wir sagen Dschörmanie, und sie sagt: »All the way by car?«

Das ist uns nicht passiert, zugegeben, sondern irgendwem anders.

Du verschränkst die Arme, sagst, na was denn nun?

Was ist denn wirklich passiert?

Na gut.

WIRKLICH

Louise sagt, dass ich die Bestimmerin bin. Das war ich nie. Es soll also Sternschnuppen geben, weil, ich hab noch nie welche gesehen und mir was dabei gewünscht.

Aber es ist noch Tag, egal, wie sehr ich bestimme, dass es Nacht ist, auch wenn wir die Sonnenbrillen aufsetzen. Louise sagt, sie muss tanken, also fahren wir an eine Tankstelle, und der Hund darf auch mal raus und kriegt Wasser und schnüffelt. Sie tankt, und ich steh da so. Dann gehen wir rein, und sie will zahlen, dreht sich zu mir um und sagt: »Wir brauchen Proviant!« Also packen wir, was wir können und Schokolade und ein Eis und belegte Brötchen, viel zu trinken und auch ein kaltes Bier. »Was noch?«, fragt sie, und ich denke, vielleicht will ich heute Nacht rauchen? Will ich? Ich weiß nicht. Lieber nicht. Dann zahlen wir und packen ein und wieder ins Auto.

»Wohin?«, fragt sie.

Mir fällt nichts ein. Ist ja noch hell. »Schwimmen?«, frag ich.

»See oder Schwimmbad?«

Und weil ich doch gar kein richtiges Schwimmzeug

dabeihabe, sag ich See, und Louise fängt an zu singen. Und ist richtig lustig,

»Aber warum Wurzel?«, frag ich. »Und warum hölzern?«

»Weil damals, als das Lied geschrieben wurde, Wurzeln gerne mal aus Pappe waren, und wenn man die dann zum Rudern benutzt, dann weichen die ja auf. Also musste man extra sagen, dass es bitte eine hölzerne Wurzel sein muss, falls das jemand ausprobiert und dann verschüttgeht auf dem See. Die pappenen Wurzeln werden inzwischen auch nicht mehr hergestellt.«

Dann greift sie rüber, und das heißt, dass ich ihr die Wasserflasche geben soll, damit sie trinken kann, und mein Eis ist schon alle. »Und außerdem klingt *mit einer pappnen Wurzel* nicht so gut.«

»Stimmt.«

»Ja, die haben sich schon Gedanken gemacht, als sie das Lied geschrieben haben.«

Also noch mal singen: Jetzt fahrn wir an den See, an den See, jetzt fahrn wir an den See! Lauter als das Radio. Der Hund jault los, und wir lachen.

»Bonnie! Du singst ja!«, sagt Louise und schaut in den Rückspiegel.

Und dann fahren wir und sind an dem See, und das ist keiner, den ich kenne, aber Louise, und hier ist es schön, mit Baum und keiner Menschenseele, nur wir zwei Menschenseelen und eine Hundeseele. Da ist es leicht, einfach in Unterwäsche ins Wasser zu springen, da muss ich mich auch nicht schämen, dass oben und unten nicht zusammenpassen und auf dem Schlüpfer auch noch ein verwaschener Kermit drauf ist.

Und der Hund springt mit ins Wasser und bellt und freut sich und heißt Bonnie, und das ist ein guter Name für einen Hund.

Dann sag ich: »Komm, wir spielen Meerjungfrauen!«, und denk sofort, oh Scheiße, das findet sie jetzt bestimmt albern, weil, Lilly und Charlotte würden das jetzt doof finden und mich auslachen. Die machen so was nicht mehr. Irgendwann haben die anderen aufgehört zu spielen. Irgendwann waren alle verliebt und mussten reden, ganz viel reden. Und dabei hab ich auch noch den Tischtennisschläger, den tollen, auf den hat Tom »45er-Magnum« draufgeschrieben. Mit Kuli. Damals. Als der noch mit mir gespielt hat.

Also denk ich, vielleicht hat Louise das ja nicht gehört, weil sie gar nicht lacht, aber sie schaut mich an und springt dann hoch und im Bogen ins Wasser. Und macht Rollen, vorwärts. Es spritzt. Als sie wieder auftaucht, ruft sie zu mir rüber: »Na, kannst du das auch?«

Klar kann ich das. Ich kann auch Rollen im Wasser machen, ohne welches in die Nase zu bekommen, ich kann die Augen unter Wasser aufmachen und auf den Händen stehen und dabei mit den Zehen wackeln. Wir versuchen, auf den Schultern der anderen zu stehen, aber das ist schwerer, als man denkt. Und dann singen wir uns unter Wasser was vor und müssen erraten, was es ist.

Dann wieder raus und in den Schatten und ein bisschen verschnaufen. Und Augen zu. Es summt, der See summt, der Baum summt, das Ufer summt. Hier können wir bleiben, bis es Herbst wird.

Dann kommt eine große Wolke und schiebt sich über mich. Die Sonne bleibt und bleibt warm, aber alles ist weiter weg, weil da Müdigkeit ist.

Immer noch summt es, es kitzelt, es weht über mich, es schnüffelt an meinen Füßen, es sagt: »Nicht, Bonnie, lass sie schlafen.«

Und ich will noch sagen, dass ich ja gar nicht schlafe, aber das ist schwer.

Ich versuch es ein paarmal, aber dann ist der Satz schon so weit hinter mir und weg, dass ich es lasse, und vielleicht schlaf ich ja doch.

Und dann wach ich auf und habe Hunger. Aber wir waren schlau, wir haben eingekauft, wir essen was. Jetzt ist es nicht mehr so hell wie eben, ich weiß nicht mal, wie spät es ist, aber vielleicht ist das ja auch egal.

Bonnie liegt an meinem Bein und schaut einen Grashalm an. Wir springen noch mal ins Wasser, diesmal kommt Bonnie nicht mit, sie wartet am Ufer auf uns. Da werden wir trocken, auch ohne Handtücher. Louise steckt sich Grashalme zwischen die Zehen, eine Blume hinters Ohr, versucht einen Kranz zu flechten. Sie schafft es nicht und setzt ihn mir auf den Kopf.

»So ein schöner Urlaub«, sagt Louise. Ich nicke.

»Liebe Oma, dem Hund geht's gut. Alles Liebe, deine Louise«, sagt sie.

»Liebe Mama. Die Entführer sind nicht so schlimm wie gedacht. Es gibt Brote. Ein Hund ist auch dabei. Zähneputzen nicht vergessen, deine Jana.«

»Lieber Papa, bitte mach die Fenster auf, weil es heiß ist. Deine Louise.«

»Liebe Charlotte. Bin jetzt bei den Indianern und habe lange Haare. Längere als du. Werde Häuptling. Deine Freundin Jana.«

»Liebe Mama, Frankreich ist langweilig, deswegen bin ich nicht da. Spiel schön mit den anderen Kindern, Deine Louise.«

»Lieber Tom«, sag ich, und dann ist es nicht mehr lustig, also werf ich einen Stock und sag: »Los, Bonnie, fang.«

Bonnie schaut hoch, als sie ihren Namen hört, schaut in die Richtung, in die ich zeige. Nichts.

»Warst du mal in Frankreich?«, frag ich Louise.

»Nur auf Schüleraustausch in der siebten. Nicht mal 'ne Woche. Und du?«

»Ja.«

»Und?«, fragt sie.

Ich zucke mit den Schultern.

»Wo war es denn schön?«, fragt sie.

Und ich denke nach, wo ich war, mit meinen Eltern, mit Tom damals noch, als Tom noch mitgefahren ist, da waren wir weit weg, da waren wir in Afrika und Asien und Amerika. Wir haben in Hotels gewohnt, mit Pools.

Wir haben Filme und Fotos.

»Ich weiß nicht«, sag ich.

»Ich mag das Meer«, sag ich dann irgendwann.

»Ich auch«, sagt Louise. »Ich kann zelten nicht leiden.«

Dann zupft sie wieder die Grashalme von den Zehen.

Später sammelt Louise dann noch unseren Müll ein, und wir gehen. Da, wo wir waren, ist nur noch plattes Gras, das war's aber schon.

Und dann wieder los. Ich bin trocken, sie auch, die Haare auch. Ich will nicht auf die Uhr schauen, ich tu's nicht, ich schau den Himmel an, und der wird dunkler, auch wenn wir immer zur Sonne hinfahren. Hinter uns fängt die Nacht an. Wir fahren weiter und hoch und weiter und dann anhalten und Auto aus und aussteigen. Da sind dann noch zwei Decken im Auto und die Tasche und der Hund, alle raus, alle weiter hoch. Und dann sitzen. Jetzt oben. Und schau, da geht auch die Sonne unter, und mein Gesicht fühlt sich an wie ein Sonnenuntergang, rotorange mit graublauen Wolkenfetzen. Alles auf meinen Wangen und meiner Stirn drauf. Da zirpt es, und in den Ecken vom Himmel fängt es an zu glitzern. Und flimmert, Sterne. Die Sonne rutscht den Himmel runter bis in die Ritze zwischen Bett und Wand, das ist dann der Horizont.

»Ist dir kalt?«

Ich schüttel den Kopf.

»Wenn ja, nimm die Decke. Ich hab auch noch 'ne Jacke im Auto.«

Und dann trinken wir Cola und so was wie Red Bull, bloß in billig, damit wir wach bleiben, weil es dauert, bis der Himmel dunkel genug ist.

»Und schau, was für ein Glück«, sagt Louise.

»Was denn?«

»Wir haben heute Neumond, da sieht man Sternschnuppen noch viel besser.«

»Das ist kein Glück«, sag ich.

»Nee, hast Recht. Bist ja die Bestimmerin«, sagt sie.

»Genau.«

Und dann legen wir uns auf den Rücken, und trotzdem sind meine Augen zu klein für den Himmel, auch wenn's zwei sind.

»Also da ist der Große Wagen. Wird auch gerne der Mercedes unter den Sternbildern genannt«, sagt Louise.

»Und da ist der Kleine Wagen«, sag ich und zeig irgendwohin.

»Ah, ja, stimmt. Und schau, da ist der Kühlschrank. Den sieht man sonst eigentlich nur im Winter.«

»Und da«, zeig ich, »der Schlecht Gestrickte Pullover.«

»Oh ja, der liegt neben dem Ungespülten Geschirr!«

»Und da der Kleine Koalabär.«

»Den mag ich am liebsten.«

Und dann blitzt was in meinem Augenwinkel. Ich schau zur Seite, sehe kein Flugzeug, frag dann aber doch lieber noch mal nach: »Wenn das so blitzt, dann ist das eine Sternschnuppe, oder?«

»Du hast noch nie 'ne Sternschnuppe gesehen?«

»Nein.«

»Das wird schon eine gewesen sein. Manche sieht man nur so nebenbei. Aber manche sind so richtig wie im Bilderbuch. Wart's nur ab, heute fallen ganz viele. Und wir haben noch Cola.«

Also daliegen und schauen. Und schauen. Und wieder die Sache mit dem Augenwinkel.

»Ich hoffe, du vergisst nicht, dir auch was zu wünschen.«

Oh.

»Und ja nicht laut sagen, was!«

Und weil es plötzlich so schwer ist, irgendwas zu sagen, muss mich ja auch konzentrieren und nachdenken, was ich mir wünschen soll, deswegen still sein.

Und wünschen.

Und manchmal ist wünschen schwer. Das war mal leichter. Als kleines Kind, da wünscht man sich nur so was wie ein Pony oder Eis (so viel, wie ich essen kann, und dann noch mal drei Kugeln) oder dass morgen gutes Wetter ist, damit man in den Kletterpark fahren kann. Und vor einem Jahr noch, dass ich nicht sitzenbleibe, dass Charlotte wieder mehr mit mir macht als mit Lilly. Dass ich mal mehr Brüste kriege oder dass sich jemand in mich verliebt.

Aber das ist so lange her. Und das sind nicht mehr meine Wünsche, das kann sich jemand anders wünschen.

Aber das hier, das ist nicht schlecht für den Anfang, dass da ein Hund liegt ganz nah an mir, tierwarm. Und dass jemand mit mir spielt. Dass es hier nicht nach Krankenhaus riecht, dass hier keine Liste liegt, auf der STAUBSAUGEN steht.

Und dann wünsch ich mir, dass das nie wieder anders wird. Am liebsten soll die Zeit stehenbleiben, und wenn sie dann doch weitergeht, dann soll alles wieder gut sein, dann soll Tom leben und wach sein und auch wollen. Und Mama und Papa wieder zusammen und sich wieder mögen. Und dass es mich dann auch wieder gibt.

Aber wünsch dir das mal, dazu fallen Sternschnuppen zu schnell. Kurz traurig geworden, weil das so ist, aber dann, schau doch mal, wie das aussieht, das reicht doch schon, oder? Das reicht doch schon.

Und neben mir »Weißt du, wie viel Sternlein stehen, an dem blauen Himmelszelt«. Ich wünsch mir, dass ich mich an den Text erinnere, aber da fällt wohl grade keine Sternschnuppe, und er fällt mir nicht ein. Aber manchmal reicht es doch auch, wenn neben mir jemand ist, dem auch noch der Rest einfällt, wenn da jemand ist, der weitersingt.

UND DANN WACHT man auf

Und es ist kalt, klamm, weil es noch früh am Morgen ist. Es ist zwar Sommer, aber auf mir liegt Tau. Ich reib mir die Augen, neben mir liegt Jana mit Bonnie im Arm.

Es ist später als sonst. Ich denke dran, dass die Zeitung heute nicht ausgetragen wird. Ich denke dran, dass die bei Jonas anrufen werden und dann feststellen, dass der noch im Urlaub ist, dass der die ganze Zeit weg war und jemand anders den Job gemacht hat, für den er eigentlich angestellt worden ist. Ich denke dran, dass ich seit bestimmt einer Stunde schon in der Bäckerei stehen sollte, dass ich mich nicht abgemeldet habe.

Bonnie schaut hoch, schaut aber nicht mich an, sondern in Richtung Auto.

Weil es da klingelt. Das ist nicht mein Handy.

Als ich am Auto ankomme, hat es aufgehört, als ich die Tür aufmache, fängt das Klingeln wieder an und klingelt, bis ich es endlich finde. Ich nehm das Handy und trag es rüber zu Jana, die immer noch schläft, auch nicht aufwacht, als es wieder anfängt zu klingeln.

»Jana«, sag ich und stups sie leicht mit dem Fuß an. Bonnie knurrt mich ein bisschen an. Spinnerter Hund.

»Jana, wach auf.«

Unter der Decke regt sich was, leise Geräusche, dann wieder Stille, bis ich sie noch mal anstupse und sogar Bonnie wach und munter wird und aufspringt. Jana braucht länger. Irgendwann leg ich einfach das Handy neben ihr Ohr, und das wirkt, das Grummeln, das Maunzen wird lauter, dann wurschtelt sie sich endlich aus der Decke.

»Dein Handy«, sag ich.

»Was'n?«

»Dein Handy klingelt dauernd. Deine Eltern suchen dich bestimmt schon.«

Jana greift sich in die Haare, reibt sich die Augen, gähnt und streckt sich.

Das Handy klingelt weiter.

»Willst du da nicht mal drangehen?«

Jana schaut ihr Handy an, als würde sie so was zum ersten Mal sehen, als wüsste sie nicht, was das Ding von ihr will.

Ich werde unruhig.

Ich muss hier weg.

Ich kann noch bei der Arbeit anrufen, dass ich letzte Nacht wegen der Schnittwunde nicht schlafen konnte und erst vor einer Stunde eingeschlafen bin, mich für heute abmelden muss. Irgendwie so was. Das muss man nur gut verkaufen, dann glauben die einem alles. Und die Zeitung … da fällt mir auch noch was ein.

Ich hab den Autoschlüssel noch in der Hand, ich fang an, damit zu klimpern.

»Komm, steh auf. Wird Zeit.«

Jana starrt immer noch auf ihr Handy.

»Jana!«, sag ich.

Wie sie mich anguckt, als ob sie mich zum ersten Mal in ihrem Leben sieht, als ob sie mich nicht einordnen kann. Es dauert ein bisschen, dann steht sie auf, und ihr Handy klingelt und klingelt.

»Erst mal frühstücken, was?«, sag ich, aber sie antwortet nicht, läuft einfach hinter mir her.

Gut, ich bin ein bisschen rausgefallen aus allem. Aber ich kann das alles wieder regeln, selbst das mit der Theorieprüfung. Ich frag den Kehrer heute Abend, wann ich wiederholen kann, und das mit dem heute mal nicht in der Bäckerei auftauchen wird schon kein Beinbruch sein, ich hab mich ja immer gut benommen, so schnell werden die mich schon nicht rauswerfen. Nee. Ich hab immer noch alles im Griff. Jetzt erst mal was essen, Kaffee dazu, das Auto zurückbringen, den Hund und dann wieder zurück zum Plan.

Jana steigt ein.

»Willst du's nicht wenigstens auf stumm schalten?«

Jana sagt nichts und schaut erst eine Weile aus dem Fenster, dann stellt sie das Handy auf lautlos.

»Kannst deinen Eltern ja sagen, dass du bei einer Freundin geschlafen hast und das Handy eben auf leise hattest.«

Jana nickt.

»Die werden dir schon nicht den Kopf abreißen«, sag ich.

Schaut wieder aus dem Fenster.

Im nächsten Ort ist ein Bäcker, da halte ich. Die

Croissants sind noch warm, ich kaufe Kaffee, der Becher ist viel zu heiß, ich wickel noch ein paar Servietten drum. Ich kauf Jana noch einen Kakao, die ist zu jung für Kaffee. Und überhaupt muss sie nicht wach sein.

Jana ist im Auto geblieben, sie stiert nach vorn, als ich wieder einsteige, ihr die Tüte auf den Schoß lege, ihr meinen Kaffee und ihr Trinkpäckchen in die Hand drücke. »Vorsicht, ist heiß«, sag ich, aber selbst dafür ist sie noch zu verschlafen.

»Bist nicht so der Morgenmensch, was?«, frag ich. Die Croissants duften rüber, das scheint sie auch nicht zu interessieren. Mann, ist die morgens apathisch. Dann schau ich auf die Uhr, halb acht.

Ich halte noch mal, an so einem Stückchen Park, da ist auch eine Bank, sage: »Komm, Frühstück«, und Jana steigt mit aus. Ich nehm ihr den Kaffee aus der Hand, die Tüte, nehm mir einen Coissant, zerreiße ihn.

»Sind deine Eltern streng?«, frag ich.

»Was?«, sagt sie.

»Ob deine Eltern streng sind.«

Sie zuckt mit den Schultern.

»Also musst du dir keine Sorgen machen, wenn du jetzt nach Hause kommst, oder?«

Keine Reaktion.

»Du bist ja auch geübt im Lügen. Dir fällt nachher bestimmt was Glaubwürdiges ein«, sag ich.

»Wie meinst du denn das?«

»Tu doch nicht so«, sag ich.

»Wie tu ich denn?«, sagt sie und ist plötzlich wach, auch ohne Kaffee.

»Als ob du es immer supergenau mit der Wahrheit nimmst«, sag ich und grinse sie an.

»Ach!?«, sagt sie und stiert zurück.

»Sorry, ich mein das ja nicht ... also war nicht böse gemeint. Nur, dass dir bestimmt noch was einfällt, was deine Eltern ...«, sag ich, aber sie nur »Pff«.

Und dann verschränkt sie die Arme.

Mann, bin ich froh, dass ich das Alter hinter mir habe.

Dann eben nicht. Dann lass ich sie schmollen, dann lass ich sie eben den Kakao ignorieren, dann soll sie das Frühstück verweigern, mir doch egal. Also weiter.

Als wir in die Stadt reinfahren, sagt sie: »Kannst du mich bitte noch wo hinfahren?«

»Wo willst du denn hin?« Nicht, dass sie auf die Idee kommt, dass ich sie nach Hause fahre. Und dann stehen am Ende noch ihre Eltern vor der Tür und stellen Fragen, das fehlt noch.

»Zum Krankenhaus.«

»Du, das geht nicht«, sag ich, weil ich da ja wohne, und wenn meine Eltern mich jetzt sehen ...

»BITTE!«, sagt sie, dass ich richtig zusammenzucke.

»Was willst du denn da?«

»Mein Bruder liegt da.«

Ihr Bruder liegt da. Jana hat einen Bruder. Was sag ich jetzt? Ich fahr besser einfach ein bisschen. Wenn sie was erzählen will, dann wird sie das schon tun.

»Da sind meine Eltern.«

»Sag mal, wenn dein Bruder im Krankenhaus liegt, findest du nicht, dass du da besser gestern ...«, fang ich an.

»Wer hat mich denn verschleppt?«

»Na jetzt mach mal halblang, ist ja nicht so, als ob du dich mit Händen und Füßen gewehrt hättest!«

Mann, da machen ihre Eltern sich jetzt bestimmt noch mal mehr Sorgen, und wenn die mich sehen, dann gibt's bestimmt Riesengezeter. Was macht Jana dann überhaupt hier?

»Man kann ja nicht immer wegrennen, wenn's mal haarig wird«, sag ich.

»Wer rennt denn hier?«, sagt sie.

»Was ist denn mit deinem Bruder?«, frag ich.

»Sag mal, wo warst du eigentlich letztes Schuljahr?«, fragt sie mich.

»Wieso?«, sag ich, weil ich wirklich keine Ahnung habe, was sie meint.

Wieso letztes Schuljahr? Was war denn? Kenn ich ihren Bruder überhaupt?

Und als ich halte, weil da eine Ampel ist, springt sie plötzlich aus dem Auto, sagt schnell: »Ich lauf den Rest, danke, tschüss«, und ist weg, und hinter mir fangen sie schon an zu hupen.

Ist auch nicht mehr weit bis zu Omas Haus, und die Nachbarin scheint nicht da zu sein, vielleicht hat sie auch gar nicht mitbekommen, dass der Wagen weg war. Ich stell ihn wieder dahin, wo er immer steht, ich schau, dass ich keinen Müll, keine Krümel hinterlasse, weil Oma am Wochenende wiederkommt. Und Bonnie kommt wieder an die Leine, wir gehen heim, da bekommt sie Wasser, da bekommt sie Futter, dann legt sie sich in mein Zimmer zum Schlafen, weil alles so verdammt anstrengend war. Und ich ruf in der Bäckerei an, und Angela ist dran und sagt, sie hätte sich schon so was gedacht, ich soll mich ausschlafen und ob der Arzt mir Schmerzmittel verschrieben hätte. Da sag ich ja und dass es morgen bestimmt schon wieder besser ist, und dann lauf ich bei Jonas vorbei, wo die Zeitungen nicht mehr liegen, wer auch immer die mitgenommen hat. Gut, das lässt sich also nicht mehr ändern, und dann hab ich Zeit, weil ich ja nicht arbeiten muss, weil ich ja angeblich die letzte Nacht mit einer schmerzenden Hand wach gelegen habe. Ich wickel sie aus, und der Schnitt ist lächerlich und schon so gut wie verheilt, alles kein Ding.

Und dann dusche ich und schmeiß meine Klamotten in die Waschmaschine, die ist dann auch voll, also lass ich eine Ladung durchlaufen und esse noch einen Croissant und denke, vielleicht noch mal in die Theoriebögen gucken. Ich hol sie aus dem Regal, schaue, welche ich noch nicht gemacht habe, und sitze da, und dann denke ich was meint die?

Was war denn letztes Schuljahr?

Hab ich was verpasst?

Dass sich irgendeiner aus irgendeinem Jahrgang über oder unter mir das Bein gebrochen hat?

Und eigentlich sollte ich jetzt wirklich noch Bögen machen, und in der Küche liegt ein Zettel, da steht drauf, dass ich das Altglas aus dem Keller zum Container bringen soll, und das sind bestimmt zwei Körbe. Die sollte ich noch vor der Mittagsruhe wegbringen, weil die da, wo die Container stehen, schon eine Minute nach eins drauf pochen, dass es ruhig zu sein hat. Und eigentlich …

Wen könnte ich denn fragen?

Also ruf ich Constanze an, und als es klingelt, schau ich auf die Uhr, und es ist noch nicht mal neun.

Aber ihr Handy ist an, und sie geht dran.

»Hey!«, sagt sie, und sie freut sich, das weiß ich, das hör ich, aber es geht nicht darum, dass ich mit ihr einen Kaffee trinken will, dass sie sich bei mir ausheulen kann, was Paul getan oder nicht getan hat,

»Hey, schön, dass du anrufst«, sagt sie also und ich: »Ja, hi, du, sag mal, kennst du so 'ne kleine, Jana heißt die, ist in der siebten oder so.«

»Jana? Ich kenn keine aus der siebten. Wie sieht die denn aus?«

Sag ich ihr also und sie: »Sag mal, ist das etwa die Schwester von Tom?«

»Keine Ahnung, wer ist denn Tom?«, frag ich.

»Tom. Der aus der elf. Na der, der gesprungen ist.«

»Wie, gesprungen?«

»Na der, der von der Brücke gesprungen ist.«

Und wie ahnungslos man sein kann. Wie verdammt ahnungslos man sein kann.

kein zurück, kein weiter

Und hab es doch schon gewusst, als ich das Handy gesehen habe, als ich gesehen habe, dass Mama und Papa im Wechsel angerufen haben, hab gewusst, ab heute wird alles anders. Wenn man das schon weiß, dann ist eigentlich alles schon anders, aber noch nicht so ganz, nicht so, dass es jemand ausgesprochen hat, und ich hab gewusst, solang ich nicht drangehe, so lang kann es noch vorher sein, bevor eben alles anders wird. Und deswegen steig ich an der Ampel aus, deswegen will ich doch nicht von Louise zum Krankenhaus gefahren werden, ich will noch ein bisschen gehen, noch ein paar alte Schritte, bevor das Neue anfängt. Und die ganze Zeit das Handy, das klingelt. Und die Nachrichten, die ich nicht lese, die von Mama, von Papa, von der Mailbox. Ich geh um ein paar Ecken und bleibe auch mal stehen. Es wird schon warm, und es ist ein anderer Tag als gestern. Gestern war gut, gestern ist noch gut geworden. Und vielleicht hätte ich es da schon wissen sollen, weil, immer, wenn es gut ist, dann wird es danach schlecht, so richtig schlecht.

Man sollte sich hüten vor guten Zeiten, man sollte sich vor ihnen verstecken, bis sie vorbei sind, weil die dann vielleicht auch das Schlechte mitnehmen, wie dass Tom von einer Brücke springt, an dem Tag, an dem ich in den Schulchor aufgenommen werde. Dabei nehmen die eigentlich niemanden, der noch nicht mindestens in der neunten ist, aber ich hab da vorgesungen und alle hohen Töne hinbekommen, »Some Devil« hab ich gesungen, und wenn man das nicht richtig macht, dann quietscht man schnell, aber es war schön, und ich hab auch gesehen, wie Anna, die aus der zehnten, die immer so tut, als wär sie schon halb entdeckt und hätte schon zu einem Viertel 'ne Platte gemacht, selbst die hat gezuckt, als ich vorgesungen habe, und der Weirauch meinte, wir sollten doch mal schauen, wie hoch ich komme. Und dann hat er die Höhen mit mir ausprobiert. Und dann gesagt, na gut, aber geht auch tief, und tief ging auch, und er hat noch gesagt, wie außergewöhnlich das ist, so hat er das gesagt, »außergewöhnlich«, dass ich so ein weites Feld abdecken könnte, und ich weiß auch gar nicht mehr genau, was er noch gesagt hat, aber Annas Zucken, daran kann ich mich erinnern und dass ich »außergewöhnlich« bin. Außergewöhnlich. Ich, eine aus der siebten. Und wollte nach Hause und es meinen Eltern sagen. Und war aber keiner da, und dann hab ich gewartet und gedacht, dass es komisch ist, dass Tom nicht kommt. Und dann war da der Anruf.

Und ich weiß, wenn ich jetzt ankomme, aber vielleicht, denk ich, vielleicht rufen sie ja auch an, um zu sagen: »Jana, Tom ist wieder wach! Tom ist aufgewacht und wird wieder gesund!«, und dann komme ich dahin, und Mama und Papa lachen endlich wieder, und Tom wird da sitzen und endlich die Augen offen haben und hat vielleicht einen Verband, aber da steht ein Arzt und schaut in seine Akte und nickt und lächelt und klopft Tom auf die Schulter, und Papa und Mama drücken ihm die Hand, so glücklich sind sie alle. Aber so hört sich das Klingeln nicht an.

Vielleicht machen sie sich auch einfach nur Sorgen um mich, und dann sollte ich schnell ans Handy gehen und ihnen die Sorgen wegnehmen, dass ich okay bin, dass mir nichts passiert ist, dass ich auf dem Weg nach Hause bin und so was nie wieder vorkommen wird, und selbst das wäre noch gut, weil es um mich ginge und nicht um Tom, aber so klingelt es nicht.

Und man kann noch so viele Umwege machen, irgendwann lassen sich die Schritte nicht mehr reinlegen und laufen einfach dahin, wo man nicht hinwill.

Und da sind sie.

Und sie sind nicht oben bei Tom, sie stehen draußen, weil man oben nicht telefonieren darf, und ich weiß schon, als ich ankomme, dass ich falsch laufe, dass alles, was ich mache, was ich sage, dass nichts stimmt, dass ich nichts richtig machen kann und dass es ab heute nie wieder richtig sein wird, ab heute beginnt die falsche Zeit, oder nein, heute fängt sie richtig an, FALSCHE ZEIT 2.0.

Und wo warst du, warum gehst du nicht an dein Handy, was fällt dir ein, kannst du nicht wenigstens kurz anrufen, was haben wir uns für Sorgen, und wir wussten ja auch nicht, wo wir dich finden können, deine Freundinnen sind ja auch alle nicht da (die Ausrede kann ich mir also sparen), und Mama hat mich an den Schultern und schüttelt mich, bis sie die Tränen losgeschüttelt hat.

Ich hab so Angst, ich will's nicht fragen, ich will nicht fragen, ich will nicht fragen, was mit Tom ist, bitte, lieber Gott, lass alles gut sein, bitte, lass sie nicht wegen Tom so sein, bittebitte, lieber Gott oder wer auch immer das entscheidet, bittebitte lass mich nicht fragen müssen, bitte lass sie nicht sagen: »Jana, Tom ist …«, weil ich das nicht hören will, und Mama hört auf zu schütteln und weint und weint, und Papa dreht sich um, und ich steh da und muss nicht fragen, und alles läuft und ist weh und wund und anders, bitte, lieber Gott, dreh die Zeit zurück, lass mich nicht im Chor aufgenommen werden, lass mich früher nach Hause kommen, und Tom ist noch da und hört mir zu und sagt, dass ich es ja nächstes Jahr noch mal versuchen kann und dass er findet, dass ich eine tolle Stimme habe, lieber Gott, lass ihn nicht springen, bitte lass ihn nicht fallen. Bittebitte, Tom, sei okay, sei ganz und am Leben, bittebittebitte mach, dass es anders ist, weil es so wehtut.

RUHE

Und meine Eltern waren so froh, als dann auch noch ein Haus da war, ein kleines, und sie haben es gemietet, es war in der Nähe der Arbeit, so dass sie immer in der Nähe zum Kind waren, es war ruhig und keine schlimme Gegend, und es war grün.

Und das Haus liegt im Schatten vom Krankenhaus und neben einem Friedhof, und deswegen ist es still und ruhig, auch wenn da manchmal die Sirenen der Rettungswagen sind, auch wenn Glocken läuten; um den Friedhof herum ist es still, Bannmeile für Lärm. Aber dann eben auch Glocken.

Und von einem Zimmerfenster des kleinen Hauses kann man auf die Garage steigen und von dort aus noch ein kleines Stück nach oben, so klein das Stück, dass man es mit acht Jahren schon überwinden kann und mit zitternden Knien und aufgeschürften Händen oben sitzt, am Moos herumpult und nach unten schaut. Die Bäume sind höher als das Haus, aber auf dem Dach sind Lichtflecken, die über den Boden schwimmen. Wenn man dann die Augen ein bisschen zukneift, dann sieht das aus, wie man sich mit acht Jahren den Meeresboden vorstellt, in der Tiefe, schwarz mit grünen Flecken. Und man selbst ist eine Meerjungfrau.

Mit siebzehn Jahren hat man die Augen auf, und das Dach ist ein Dach. Und ich war schon lange nicht mehr hier, aber die Lichtflecken sind noch da.

Und die Glocken läuten.

Da laufen sie.

Es hat in der letzten Woche geregnet, jeden Tag hat es geregnet, alles war nassnassnass und hat geklebt, gedampft.

Das Dach ist schwarz und wird schnell warm. Die letzte Nacht hat einen Lappen genommen und den Himmel sauber gewischt. Postkartenwetter.

Wenn ich nach rechts schaue, steht da eine kleine Kapelle. Ein kleiner Bau aus den 70ern, dunkles Holz, Glas, flach. Mit genügend Sitzplätzen, mit weiteren Stühlen in einer Kammer, falls es doch nicht reicht.

Wenn die Glocken läuten, laufen sie langsam aus der Kapelle hintereinanderher auf den Friedhof. Wenn man acht ist und die Augen zukneift, ist es ein Schwarm Fische, der an einem vorbeizieht. Wenn man siebzehn ist, sind es Menschen, die einen anderen zu Grabe tragen. Und man kann die Augen nicht zukneifen, weil hinter dem Sarg drei Erwachsene sind und ein Mädchen, und man schaut sogar genauer, weil das Mädchen weiter weg ist, ein bisschen zu weit. Ich will sie genau sehen, dabei weiß ich eh, wer das ist, aber will sichergehen und kann nicht erkennen, ob sie wer an der Hand hat, wo sie hinschaut und ob jemand den Arm um sie gelegt hat. Deswegen die Augen verzerren, aber es wird nicht klarer.

Da ist ein aufmüpfiger Vogel, viel zu laut, und ich will in seine Richtung schauen und den Zeigefinger an die Lippen legen. Aber dann auch wieder nicht, denn vielleicht braucht es heute genau diesen lauten Vogel.

Und wie viel passiert und nicht passiert, denk ich.

Das mit dem Wagen hat keiner gemerkt, und meine Oma ist zurückgekommen und hat mir ein paar Scheine in die Hand gedrückt, und ich ihr Bonnie und umständliches dankedanke, Oma. Und Jonas war schon früher zurück, weil ihm das Geld ausgegangen ist, und damit war ein Job schon weg und der Hund, und beim Ampelbäcker sagt der Chef, dass ja ab Montag alle wieder aus dem Urlaub zurück seien und ich damit überflüssig, ja, so hat er es gesagt, überflüssig, der Mann redet eben nicht um die Dinge herum.

Also hab ich Geld, weil Jonas mir wohl oder übel meinen Lohn geben muss und der Chef mich auch endlich ausbezahlt und nicht nur ich auf meine Stunden geschaut habe, sondern auch Angela, und die hat den Chef fest im Griff.

Und irgendwie passiert alles so, so einfach, ich wiederhole die Theorieprüfung doch schon eine Woche später und denk nicht mal drüber nach und bestanden.

Und dann noch die Praktische, und schau, sie hat den Führerschein und kann doch nicht fahren, weil Oma und Eltern eingetragen sind, die danebensitzen müssen.

Und alles sollte gut sein, und es ist noch was vom Sommer übrig.

Und ist alles so egal. Und auch, was da letztes Jahr

war, es ist so egal, da unten läuten Glocken, und ich kann nicht sehen, ob Jana allein läuft oder ob sie jemand an der Hand hält, ein bisschen wenigstens, ein bisschen hält.

SCHMAUS

Als hätte irgendwer plötzlich einen Schalter umgelegt.
Wir sind runter vom Friedhof und in die Autos und dann
in das Restaurant am Fluss, da haben sie einen Raum für
uns, extra für uns, Tische und weiße Tischtücher. Und
es riecht nach Kaffee, der steht in Kannen auf dem Tisch,
in großen Kannen, als ob alle verdammt müde wären,
und für jeden mindestens ein Liter Kaffee. Und dazwischen kleine Flaschen mit Limo und Wasser. Und Streuselkuchen und belegte Brote, die schon auf uns gewartet
haben.

Darf ich überhaupt Hunger haben?

Darf der Streuselkuchen eigentlich so riechen?

Eben waren alle noch leise, und kaum hier und Jacken aus, weil es ja eh zu warm ist für Jacken, da fangen
sie an zu reden und werden lauter, und Onkel Hannes
hat sich schon ein Bier bestellt.

Ich hab Familie und viel davon. Da sind Tanten und
Oma Thesi und noch eine Oma und Opa und Großtan-
ten und Cousins und Cousinen. Traut sich keiner zu mir
rüber, will auch nicht zu denen. Luca hat schon seinen
Nintendo rausgeholt und spielt unterm Tisch, weil er

eigentlich nicht darf, die Kleinen rennen raus. »Magst du nicht mitgehen?«, fragt Oma.

Schulterzucken. Draußen ist ein Spielplatz, und der Sand ist bestimmt noch nass. Und vor mir ein Stück Streuselkuchen und duftet perfekt da auf dem Teller, kein Krümel, nur obendrauf, und Zuckerkristalle glitzern, und weich ist der Kuchen und riecht nach Butter, echter Butter.

Gelb.

»Na, iss erst mal was«, sagt Oma.

Ich schau den Kuchen an, da liegt die Gabel, so eine kleine Gabel, die selten was zu tun hat, eine kleine feine Sonntagskuchengabel. Am Samstag. Kalt zwischen den Fingern, aber ich kann die anfassen, die Finger nehmen die Gabel, die Gabel über den Kuchen, in den Kuchen, wie weich der ist, wie ein Kissen gibt der nach. »Sag mal, Jana«, sagt ein Mann, der bestimmt auch mit mir verwandt ist, den ich auch bestimmt kenne, aber dann doch wieder nicht, »wie alt bist du jetzt eigentlich?«

Und weil ich doch den Mund voll habe und erst schlucken muss und der Kuchen trocken ist, wenn auch mit Butter, und das Schlucken also schlechter geht, deswegen sind da Mama und Papa und Oma und antworten für mich, weil drei leere Münder und ein voller und Mama »Zwölf« und Papa »Zwölf« und Oma »Dreizehn«.

Und dann schauen sich alle an, Oma mit den Augenbrauen oben, Mama fängt an zu lächeln, da hab ich aber den Kuchen schon runtergeschluckt und sag »Dreizehn«.

»Nein«, sagt Mama und Papa nichts.

»Doch«, sag ich.

Und da setzt sie an und macht schon den Mund auf, aber Papa nimmt ihre Hand (so lang schon nicht mehr, eben auch nicht, aber jetzt, Papas Hand auf Mamas), und da bleibt der Mund offen, Mama schaut zu Papa, und der reißt die Augen auf.

Klingklong, zwei Groschen, fallen.

Dann steht Luca vor mir und sagt: »Ichsollrausgehnkommstemit?«, weil ihn Tante Silke doch beim Spielen erwischt hat.

Ich nicke, ich nehm den Kuchen, und Mama und Papa und Oma und der Verwandte bleiben drinnen.

Durch das Restaurant, da ist es anders, und es gibt Fisch. Dann raus, da sind die Kleinen auf Schaukeln und schreien. Luca setzt sich auf die Mauer und holt wieder seinen Nintendo raus.

Ich schau zu den Kleinen, die sich hauen und nicht nett sind. Und warum denken eigentlich alle immer, dass Kinder nett zueinander sind? Und dass das nur Kinder von Assis sind, die so Sachen sagen wie: »Ich hab eine Pistole und schieß dich tot!«

Und tot.

Ich hab keine Sonnenbrille, und hier ist kein Schatten.

Da dreh ich mich um, lauf ein paar Schritte, da ist eine Öffnung in der Mauer, da durch und weiterlaufen, ein paar Meter, ruft auch keiner.

Meine Jacke ist noch drinnen überm Stuhl und bleibt da, weil es warm ist und neben der Jacke Leute, die fragen, wo ich hinwill.

Ich geh weiter, die Straße runter, Luca schafft Level sieben wieder nicht, geh weiter und »AAAHH, du bist tot! Ich hab dich totgemacht« und weiter, weiter.

Und das Schlimme ist, dass es weitergeht.

Aber das Gute ist, dass es weitergeht. Und dass keine Geschichte einfach so zu Ende ist.

Dass man immer sagen kann,

und dann

und dann holt man Atem, und es geht weiter.

Denn die Geschichte ist noch nicht zu Ende.

weg

Ich bin weg. Da draußen ist Sommer. Nehmt mich weg aus dem Sommer, nehmt mich raus, subtrahiert mich.

Ich bin nicht hier.

Und meine Oma sagt, ich kann, eine Woche bevor die Schule anfängt, zu ihr kommen. Aber das tu ich nicht.

Und mein Vater sagt, dass er mich mitnimmt, wenn ich will und wenn es nur für eine Weile ist, und dass da ein Zimmer ist, das kann meines sein.

Und wir können auch wegziehen. Oder in den Urlaub fahren.

Und meine Mutter sagt, draußen ist es schön und warm. Und wer angerufen hat. Und mein Handy ist aus. Und keine Musik.

Der Tag, die Nacht, alles bleibt draußen.

Lasst mich.

Und es klingelt an der Tür und jemand öffnet sie, aber meine Tür bleibt zu und meine Decke über mir. Es ist dunkel, da ist keine Luft und nur wenig Raum, ich da drin, kein Platz für mehr.

Manchmal schlaf ich, manchmal wach ich.

Dunkel ist gut, nachts schleich ich mich raus, geh in die Küche, da ist es kühl unter meinen Füßen, da ist der Kühlschrank. Da steh ich davor und kühl von vorn, ich mach ihn wieder zu und schau raus aus dem Fenster, da ist eine Straßenlaterne, die flackert. Und nachts kann ich raus, aus dem Fenster, und versuche ein paar Schritte, aber auch nachts sind da welche, immer, da sind immer Menschen, und die Fenster sind hell, und nie schläft alles.

Und alle wissen es, alle haben es gelesen, haben es weitererzählt und wussten nicht mal seinen Namen, die Hand vor den Mund, und dass er gesprungen ist und nach Wochen sterben durfte, konnte, gegangen ist, dass es dann was Kleines ist, dass der Körper aufhört, zu atmen, herzzuschlagen, dass es eine kleine Ader sein kann, oder man weiß es nicht genau.

Und dann ein Klopfen, aber ich mach nicht auf, auch wenn Mama draußen weint und wenn sie tausendmal sagt, dass sie doch schon ein Kind verloren hat und dass sie so traurig ist und dass das mit meinem Geburtstag, dass ihr das leidtut, aber dass ich doch verstehen muss. Und doch nicht deswegen so lange hier drin, da drin bleiben kann.

Und ich sitz da und weiß nicht, was ich sagen soll. Es geht nicht mehr um Geburtstage. Es geht nicht mehr um … ich weiß nicht. Und lege mich wieder hin.

Und dann ist da die Karte.

Keine Briefmarke, keine Adresse, nur JANA draufgeschrieben.

Liebe Josie.

Der Dschungel ist grün und du nicht hier. Ich bin dann weitergefahren und warte am Äquator auf dich, da haben sie einen Kühlschrank und versprechen frische Kekse. Ich bin misstrauisch, aber auch neugierig. Keine neuen Tiere gesehen. Kommst du?

Deine Louana

Und es ist Nacht oder nicht, aber ich habe Postkarten, leere.

Liebe Louana, Genossin.

Der Krieg tobt noch. Die Luft voll mit Asche und Schieß-pulver. Wir tragen Atemmasken, die Kinder und die Alten werden aus der Stadt gebracht. Wir trinken Konserven und essen Steine. Bin versteckt.

Deine Josie

Und nachts raus. Die Straße lang, mit Mütze und Sonnenbrille um Ecken und zu ihrem Briefkasten. Keine Briefmarke, keine Adresse.

Liebe Josie.

No retreat, no surrender. Die Guerillas in Omakoma haben dein Gesicht auf ihre Fahnen gemalt und wollen Kampflieder singen. Kennst du die Texte noch? Komme nicht weiter als »das Segel aus Lakritz / gen Westnordost / schnüren Turnschuhe gegen Regen / ...« War das noch die prärevolutionäre Fassung? Hast du Nacht, da, wo du bist?

Deine Freundin Louana

Louana.

Wintersonnenwende in der Anti-Arktis. Die Tage werden jetzt wieder breiter. Man kann kaum noch Hand von Fuß von Bauchnabel unterscheiden. Aber dass sie dort noch wissen, wie ich aussehe, ist ein guter Gedanke. Ich hab den Text vergessen. Aber ich arbeite dran.

Ich habe Händewaschen für mich entdeckt. Für die Jahres-

zeit ist es erschreckend heiß. Die Bären verkaufen Sonnenbrillen. Jeden Tag eine.

Josie

Ringelringeljosie.

Die Matrosen senden Grüße, der Wind legt sich langsam. Die Piraten haben gewerkschaftlich zugesicherten Jahresurlaub, die See ist wieder ruhig. Zeit, das Seepferdchen nachzuholen. Das Meer ist blau, der Himmel ist blau, und der Steuermann ist ganz grün im Gesicht.

Ahoi, Louana
PS: Soll ich Proviant schicken?

Louana.

Ja. Es mangelt an allem. Bitte. Ja. Hier: Auge des Sturms. Alles still, aber drum herum tost und braust es. Eine Windjacke wäre ein Anfang. Ein kleiner.

J.

carepaket

Ich packe einen Koffer und nehme mit.

Ich packe ein Paket.

Es ist nach dem Krieg, und Jana sitzt in der besetzten Zone, ich bin ein Rosinenbomber, ich bin die Alliierte, ich falte kleine Fallschirme, ich falte eine Kiste.

Ich packe eine Kiste und nehme mit:

- Glanzbilder von Blumen und Elfen, glitzernd
- Einen Stein, kalt, Handschmeichler
- Marshmallows, weil sie weiß sind, weil sie weich sind
- Eine Sonnenbrille, dunkel, aber mit grünem Rand, giftgrün, so grün, dass man es auf keinen Fall mit einer anderen Farbe verwechseln kann (Hoffnung oder so)
- Eine Tarnkappe
- Ein Foto von Bonnie und mir
- Ein Trinkpäckchen Kaba (Strohhalm: gestreift)
- Socken. In Gelb. One size fits all
- Ein Nachtlicht. Für die Steckdose
- Eine Postkarte mit Elefanten drauf

Liebe Josie.

Es wird Zeit.

Ich werde klopfen, wenn die Luft rein ist.

Dann kannst du rauskommen.

Deine Louana

tourguide

Ich kann eh nicht schlafen. Ich bin halbwach, halbschlaf. Irgendwann ist es Nacht, irgendwann klopft Mama noch einmal, aber irgendwann geht sie auch ins Bett. Sie muss schlafen.

Als das Paket da war, war es gut, und zum ersten Mal lächeln ist komisch. Es ist spät jetzt, es ist so spät, dass Mama schläft, es ist so spät, dass Papa bestimmt auch schon schläft, dass keine Autos mehr fahren, alles schläft, eine wacht. Der Rollladen ist oben, ich hab das Nachtlicht an, und es ist gut. Es ist still, ich weiß nicht, was ich mit der Stille anfangen soll. Aber keine Musik, nein.

Und warte.

Lausche. Wie still das hier ist.

Und dann ein Rascheln, dann spitze Ohren und Rascheln, krchkrch, näher, und ein Ast knackt.

»Josie«, flüstert's, »ich werde jetzt klopfen.«

Dann ein kleines Klopfen. Dreimal. Und noch einmal.

Und dann: »Du kannst jetzt rauskommen.«

Ich mach das Fenster auf.

»Ahoi! Bist du bereit?«

Ich nicke. Und steige aus dem Fenster.

Als ich unten und draußen bin, ist da die Welt und Nacht und Louiselouana.

»Mütze?«

»Ja.«

»Sonnenbrille?«

»Hab ich.«

»Proviant?«

Ich halte das Trinkpäckchen hoch.

»Die Marshmallows?«

»Alle.«

»Okay. Socken?«

Wir schauen nach unten.

»Angezogen.«

Sie guckt mich an.

»Was jetzt?«, frag ich.

»Wir gehen.«

»Wohin?«

»Wirst du schon sehen. Und ich auch.«

Also gehen wir erst einmal durch den Garten. An der Straße halten wir.

»Ich hab Bonnie mitgebracht«, sagt sie.

Und ich mag ja Hunde. Und der Hund mag mich und hat einen Namen, den ich weiß, Bonnie wedelt und wackelt auf mich zu. Also streichel ich sie ein bisschen.

»Und jetzt?«, frag ich.

»Erster Halt: draußen. Schau, Josie, du bist draußen. Bis hierhin okay?«

»Ja«, sag ich, weil es okay ist.

»Wir gehen jetzt ein bisschen. Bonnie ist eh nicht

schnell. Wir haben Zeit. Wenn du was brauchst, sagst du Bescheid. Ich hoffe, du warst noch mal auf'm Klo?«

»Ja«, sag ich.

»Du lügst schon wieder«, sagt sie und lächelt.

Und dann gehen wir Bonnie hinterher.

Und ich bin draußen. Hier ist ein Hund, es ist Nacht. Hier ist die Welt, aber sie ist dunkel und still und anders still als mein Zimmer.

Sie sagt nichts mehr, wir laufen einfach nur, still, nur Hund und Schritte in gelben Socken, die Nacht ist noch ein bisschen dunkler mit Sonnenbrille, auch bei Vollmond. Es ist warm genug und nicht heiß, selbst mit der Mütze, und es ist immer besser, eine Mütze aufzuhaben als keine.

Und dann sag ich: »Wofür waren die Glanzbilder?«

»Wieso?«

»Hatten die einen Grund?«

»Es sind Glanzbilder. Sie glänzen. Man kann sie aufkleben oder in eine Schublade legen. Glanzbilder haben keinen Grund.«

»Und jetzt?«

»Und jetzt gehen wir, bis uns was anderes einfällt. Aber erst mal gehen wir.«

UND DANN?

Und dann gehen sie und kommen an. Und setzen sich erst mal, auf den Boden, hierhin zum Beispiel. Auf den Boden ist im Sommer nicht schlimm, auch in der Stadt nicht, man hat Hosen an gegen den Dreck, und kalt ist es nicht. Vor uns liegt was, das kann man anschauen, nachts reicht es auch manchmal, nur zu sitzen und zu schauen, obendrüber ist Himmel, der ist nachts schwarz, und dann sagt Louana, dass das hier draußen ist. Da bist du wieder, Josie. »Und dann?«, fragt Josie.

»Dann ist irgendwann der Sommer vorbei.«

Aber vielleicht reicht das nicht. Vielleicht laufen die beiden weiter, weil Josie immer noch die Bestimmerin ist und sagt, wennschon, dennschon, dann gehen wir immer da hin, wo es gerade Sommer ist, dann geht der nie vorbei. Und wir müssen nicht nach Hause, auch nicht zum Abendbrot, wir können das ewig so weitermachen, auch wenn deine gelben Socken irgendwann grau sind, dann kaufen wir neue. Wir werden reich, weil wir fünf gute Ideen haben und eine davon auch funktioniert. Wir kaufen uns eine Insel und züchten Hunde. Und dann schließen wir uns einer Ukulelenkapelle an und machen Musik. Wir singen deinem Bruder ein Lied und legen einen Handschmeichler auf sein Grab. Und dann werden wir Königinnen und tragen Kronen, und Menschen schreiben Geschichte über uns. Und dann verlieren wir die Angst vor Brücken, weil sie nicht nur zum Fallen sind. Und wir besteigen einen Berg und retten Leben und nehmen Flugstunden. Und dann fragst du, ob du noch traurig sein darfst, und ich sage ja, weil du die Bestimmerin bist, und du darfst traurig sein, auch wenn es immer Sommer ist und wir so viel Geld haben, dass wir uns alles Eis der Welt kaufen können. Und wenn uns dann nicht mehr nach Eis ist, dann eine Wurst und noch eine, mit Senf und ohne Brötchen. Und dann sagst du, dass du doch ein Brötchen willst. Und ich sage okay. Und dann werden wir Superhelden ohne Cape, aber mit Masken.

Aber vielleicht auch nicht. Vielleicht warten wir, bis wir Hunger kriegen und Tau auf uns liegt, und wir merken, dass wir müde sind. Und dann essen wir was auf dem Weg nach Hause. Und die Sonne geht wieder auf, die Nacht ist vorbei. »Schau, Josie, die Nacht ist vorbei«, sag ich. »Schau doch«, sag ich.

Und bis hierhin sind wir schon gekommen.

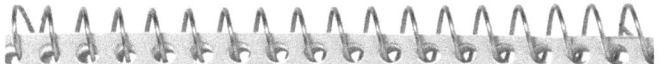

Wie die Jungfrau zum Kinde

Tamara Bach
Marienbilder
136 Seiten
Hardcover
ISBN 978-3-551-58299-7

Mareikes Mutter ist verschwunden. Einfach weg. Von einem Tag auf den anderen. Warum und wohin? Mareike hat keine Ahnung. Auch nicht, wie sie darauf reagieren soll. Ebenso wenig wie ihr Vater und ihre Geschwister. Also machen alle erst einmal so weiter wie bisher, als wäre nichts geschehen.

Aber dann macht sich Mareike auf den Weg und versucht, sich ihre Geschichte zusammenzureimen. Doch von jeder Geschichte gibt es unendlich viele Versionen. Und alle sind nur Möglichkeiten.

Welche wird Mareike zu ihrem Leben zusammensetzen?

www.carlsen.de

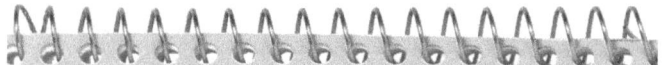

Mascha schaut nicht weg

Susan Kreller
Elefanten sieht man nicht
208 Seiten
Hardcover
ISBN 978-3-551-58246-1

Irgendetwas ist seltsam an Julia und Max, das findet Mascha von der ersten Sekunde an. Und dann sieht sie, dass Julia überall blaue Flecke hat, richtig große. Als Mascha eines Tages auf der Suche nach den beiden einen Blick in ihr Haus erhascht, wird ihr klar: Sie muss ihnen irgendwie helfen. Aber wie, wenn keiner der Erwachsenen ihr zuhören will?
Mascha hat eine verhängnisvolle Idee – aber manchmal ist es besser, etwas Falsches zu tun, als gar nichts.

www.carlsen.de

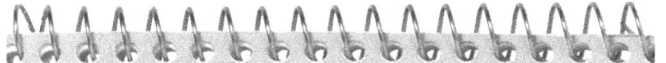

Von wegen cooler Bassist

Dass Kiek ihren leiblichen Vater nicht kennt, ist eigentlich kein großes Problem. Aber dass ihre Mutter sich angeblich an kaum etwas erinnern kann, das glaubt Kiek ihr nicht. Also macht sie sich zusammen mit ihrer besten Freundin Lottie auf die Suche nach ihm.

Mariken Jongman
5 Dinge, die ich über meinen Vater weiß
256 Seiten
Klappenbroschur
ISBN 978-3-551-31389-8

www.carlsen.de

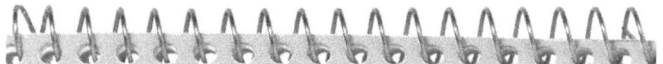

Ein Mädchen wie Feuer

Wilhelmina lebt mit ihrem Vater auf einer Farm in Simbabwe, aber nach dem Tod des Vaters muss sie fort, weil die Farm verkauft werden soll. Sie wird nach England ins Internat geschickt. Und die Mädchen dort sind schlimmer als Löwen oder Hyänen.
Wilhelmina möchte am liebsten weglaufen.

Katherine Rundell
Zu Hause redet das Gras
256 Seiten
Taschenbuch
ISBN 978-3-551-31420-8

www.carlsen.de